I will see you again, but not yet.

I will see you again, but not yet.

I will see you again, but not yet.

I will see you again, but not yet.

明明
天年
見見，

I will see you again, but not yet.

著
—
Middle

# 目錄・CONTENTS

I will

see you again,

but

not yet.

有人說，
分手之後，就不應該再做朋友。
因為，如果其中一方仍然喜歡對方，
這樣的友情也是不會真的長久。
總有天，對方還是會察覺到你的心情，
最後彼此也是會漸走漸遠⋯⋯
繼續做朋友，或假裝做對方的朋友，
其實都只不過是給彼此多一點時間，
去學習如何更自在地放過彼此，
去說再見。

01

外送

「你好，我是 Andy，有一件事想請你幫忙」

夜深，國賢的手機裡，收到了 Andy 的這個訊息。

「什麼事？」

國賢簡短回應，同時間輕輕呼了口氣。

過了一會，Andy 這樣回覆：

「你以後可以幫我照顧葦璇嗎」

國賢坐在窗台前，默默看著手機螢幕，接近半個小時。

最後，他點了一根香菸，在手機裡緩緩輸入，苦笑了一下，又看著螢幕良久，結果還是按下發送鍵。

「如果你真的喜歡葦璇，為什麼要其他人來幫你照顧你的女朋友？如果你真的喜歡這一個人，就應該好好留住這一個人」

後來 Andy 沒有任何回覆。

後來，國賢一直坐在窗前，想到失眠。

• • •

第二天，葦璇在下班後，來到了國賢的家。

「為什麼又來啊？」國賢打開家門，雖然語氣帶著不滿，但還是為葦璇扭開鐵閘的門鎖。

「我又來做外送專員了。」葦璇笑著回答，然後又晃了晃手上的紙袋，對國賢說：「離開公司後，不想立即回家，所以就來了。你還沒吃晚餐吧？」

「又是燒牛肉便當嗎？」

「不，今天我們吃漢堡。」

葦璇走到沙發前的茶几，從紙袋裡掏出兩個裝著漢堡的小盒子、一小包薯條及一杯汽水，然後又逕自到廚房的壁櫃裡找來兩個玻璃杯，將汽水平分。國賢站在一旁，默默看著葦璇，直到她坐在沙發上準備開動時，他開口道：「昨晚 Andy 傳訊息

給我。」

「是嗎？」葦璇揚一下眉，但還是繼續吃著手上的漢堡。

「你有告訴他，昨天你有來這裡找我嗎？」

葦璇搖搖頭，只是下一秒鐘，她這樣回答：「就算沒有告訴他，他還是會猜得出來吧。」

「為什麼會猜到來我這裡呢？」國賢忍不住苦笑。

「因為你是我最好的朋友，他知道的。」葦璇放下手上的漢堡，對他輕輕微笑了一下，說：「暫時不要談他好嗎？快來吃吧，我買了你喜歡吃的夏威夷漢堡。」

國賢呼了一口氣，坐到她的身邊，默默打開漢堡的包裝。葦璇將汽水推到他的面前，然後繼續一口一口咬著漢堡，不一會就吃完了。國賢又站起來，從冰箱裡拿出番茄醬，在她的漢堡盒子裡倒出厚厚的醬汁，她馬上拿起一根薯條，反覆將番茄醬沾滿全身，然後放進口裡，一臉滿足的表情。

「其實你是想吃薯條，才順道去買漢堡回來吧？」國賢斜眼看著她失笑。

「不是啊，我是經過漢堡店，想起你喜歡吃夏威夷漢堡，於是才買回來的。」但說完之後，葦璇偷偷吐了一下舌頭。

國賢坐在她旁邊，看著她吃薯條吃得津津有味，最後還是將話題帶回到 Andy 身上：「還沒有跟他和好嗎？」

「他昨天有找我，但我沒有接他的電話。」

「為什麼不接聽呢？」

「你覺得，我應該就這樣跟他和好嗎？」

葦璇這樣反問國賢，同時間轉過頭來，靜靜看著他。國賢留意到，她的臉上今天沒有太多化妝，雙眼有一點點微腫。他很想問她，昨晚是否哭著入睡，但又怕會擾亂她的情緒，唯有將這句話放回心裡。

「你們都冷戰了一星期吧？」

「嗯。」

「但其實⋯⋯你不是真的很生他的氣吧，是嗎？」

葦璇沒有回答，就只是將最後一根薯條放進口裡。

「還是你心裡已經有一個決定？」

「不如你先告訴我，昨晚他傳了什麼訊息給你？」葦璇笑著問他。

國賢苦笑一下，說：「他跟我說，要我好好照顧你。」

葦璇也忍不住苦笑了一下，又問：「那你之後怎麼回覆他？」

「我跟他說，如果他真的珍惜你，就不應該要別人來照顧自己的女朋友。」

說完，國賢將目光移出窗外，過了一會，他彷彿聽見葦璇輕輕的嘆息聲。那一刻，他知道自己應該要說些什麼來安慰她，

可是又覺得，自己實在不應該再就他們的關係置喙太多。

　　他走到窗台前，燃點起一根香菸，葦璇也沒有再說什麼，將茶几上的紙袋與包裝收拾好、丟進垃圾桶裡，又到廚房將玻璃杯洗好，之後就坐回沙發上，問他：「我可以在這裡多留一會嗎？」

　　「隨便你。」

　　「會打擾你工作嗎？」

　　「不會。」

　　國賢將香菸丟進菸灰缸，坐到電腦桌前，繼續去寫之前寫到一半的廣告文案。葦璇掏出手機來亂按，他瞥見她像是在滑臉書。過了一會，她的手指漸漸沒有動作，雙眼似閉非閉，像是睡著了。

　　國賢輕輕走進睡房，拿出一張薄毯，蓋到了葦璇身上，她也恍如不覺。他心裡想，她應該是真的累了，他已經很久沒有看過她如此放鬆的表情。

國賢認識葦璇，已經超過十年。他們本來是中學同學，只是在二年級的時候，葦璇就轉校到其他學校。之後她偶爾都有回到他們的中學，斷斷續續跟舊同學保持聯繫。但國賢真正與她變得熟稔，卻是升上大學的時候。

那時他暗戀一位中學同學已經很多年，雖然畢業後大家很少聯絡，但是國賢心裡依然會有著那個同學的位置。有一次在中學同學聚會裡，無意中被葦璇知道了這件事情，當時好奇也好事的她，時常在短訊裡探問他的感情想法，也跟他分享一些如何約女生、追求異性的方法，卻想不到，兩人漸漸在短訊裡聊出了感情，然後就順其自然地發展成一對情侶。那是國賢的第一次戀愛，也是唯一的一次戀愛。

在此之前，他從來沒有想過會跟葦璇走在一起。一直以來，他理想中的戀愛對象，均不是葦璇這一種類型——長髮、嬌憨、好事八卦、主動、喜歡談天說笑——又或者直接說，他以前暗戀的對象，是比較知性文青一類，會讓人感到有一點難以接近，也因此國賢的戀愛經驗一直都徘徊在暗戀的等級。可是葦璇的出現，卻打破了他對愛情不切實際的那點幻想，原來自己並不是真的很喜歡那一類文青型女生，又或許，他的暗戀其實早就隨著年月過去，而漸漸變成為一段不會再追尋的回憶。只是他

自己之前沒有發現，直到葦璇的出現，才讓他提早察覺到這一個現實。

　　他很喜歡葦璇，也很感謝她的照顧與體諒，讓他這一位戀愛新手，有機會在錯誤裡學習如何成為一位貼心的男朋友。他知道葦璇以前談過幾次戀愛，但一直沒有過問太多，也覺得自己實在沒有必要去問。因為他們在一起的時候，是有多麼快樂。他甚至已經計劃好，大學畢業之後的未來。他希望自己能夠成為一位可以照顧她、給予她幸福的男人。他會給予她最好的一切，他要讓她成為這個世界上最快樂自在的人。

　　直到兩人在一起的半年後，有天晚上，葦璇跟他在晚上講電話。她忽然提到，今天在大學上課時，看到坐在她旁邊的 Andy，累極伏在桌上睡著了。國賢知道 Andy 是她的前男友，他們是在大學認識，在很久很久以前她曾經對國賢提起過，兩人拍拖時的一些趣事。在電話裡，葦璇輕聲說，那刻她靜靜的看著 Andy，心裡忽然有一點對不起他的感覺。或許是因為，兩人在分手後，Andy 依然對自己很好很好、在學業上她時常都會得到他的照料，而且 Andy 後來一直都沒有女朋友，她感到 Andy 仍然喜歡自己，因此在葦璇的內心深處，始終對他懷有一點點愧疚。

只是當時的國賢，並不是太明白這一點心理。

「你是仍然在掛念 Andy 嗎？」他問，同時間他察覺到，自己的語氣變得有多冷淡。

在電話裡另一端的葦璇，像是也留意到國賢的轉變，沉默了好一會。只是她接下來的回應，也讓國賢陷進了迷惘：「我也不知道……」

「不知道？」

「嗯。」

「如果，」國賢那一刻，突然感到一種嚴重的失落。「如果，你還想跟他在一起，如果你還喜歡他，那不如，你和他重新開始吧？我不會介意的……」

「我不是這個意思……」

「好吧，不談了，你就好好想一想吧。」

然後國賢自己先掛線了。

然後兩人的關係，從那夜開始，漸漸變得越來越疏離。

　　兩人本來所建立的默契與信任，一點一點開始溜走。國賢總是會想，自己是不是不夠好，自己是不是比不上 Andy，是不是從最初開始，就沒有真正得到葦璇的喜歡？即使葦璇依然會主動找他、對他溫言軟語，但他總是會亂想，她只是同情自己而已，她其實也不清楚自己真正的想法吧？如果真的喜歡，為什麼心裡還會對從前的人感到愧疚？如果現在真的覺得快樂幸福，為什麼不可以全心全意地，去維繫守護這份得來不易的幸福？

　　最後，葦璇也漸漸無法再承受國賢的負面想法與情緒，與他和平地分開了。即使那時候，Andy 已經去了外國留學。兩人分開後，後來還是繼續保持著朋友關係。他們偶爾會上對方的家吃飯，甚至與對方的家人一起過年或慶節。大學畢業那年的暑假，他們更一起去了日本旅行。國賢不是對她完全沒有愛情的感覺，但國賢心裡知道，兩人就只是好朋友的關係，雖然自己是她的前任，只是她心裡最掛念的前任，始終會是另一個人。既然可以一直友好下去，他也不想再節外生枝，破壞這一份親密與情誼。

直到大學畢業後第二年，葦璇在工作上重遇 Andy。二人平時有很多機會日夜相處，漸漸又再次暗生情愫，只是葦璇也一直在猶豫，因為 Andy 給她的感覺，並不是太認真。她曾經跟國賢分享這些想法與感受，但國賢卻一直鼓勵她嘗試與 Andy 重新發展，表面的理由是，兩個人可以在芸芸人海中重新再遇上，實在是一種難得的緣分，應該要好好珍惜、好好留住這一個人。

　　而國賢心裡的真正想法是，他一直認為，葦璇心裡從來沒有放下過 Andy，即使都已經過去這些年了，還是會對他不能自拔。既然如此，自己也應該好好地鼓勵她去追尋想要的愛情，即使他其實也還沒有完全放下這一段初戀，偶爾他還是會暗存盼望，有天自己會不會真正得到她由衷的喜歡。

　　後來葦璇聽從國賢的話，與 Andy 不時約會，和他重新走在一起。國賢也漸漸減少與葦璇見面，不想自己的存在影響到他們的戀情發展。只不過，葦璇與 Andy 的相處總是不太好。在一起的第一個月，Andy 有天向葦璇提議，不如兩人暫時分開，然後讓他再一次重新去追求她，令她可以感受更多被愛的感覺，讓葦璇哭笑不得。雖然兩人最後沒有真的分開，只是這些像是認真卻又無比荒謬的提議，讓葦璇又再感到，Andy 對自己到底有多認真，兩人是不是還可以繼續一起走下去。

偶爾，她會打電話給國賢訴苦。而國賢總是會開解她，Andy 應該是一位事業型男性，正在努力為他們的將來而打拼，所以有時會不夠體貼、不明白她的感受，但這並不等於 Andy 並不喜歡她，也不等於他們不適合在一起，她應該要對 Andy 有多一點信心。

　　每次葦璇都會苦笑，想約國賢出來飯聚再傾訴更多，可是國賢總是會用各種理由來推搪。漸漸，葦璇也察覺得到他的態度，沒有再勉強他赴約，即使他們其實也已經很久不見了。直到昨天黃昏，國賢工作完後回家，竟然在家門前見到葦璇。

　　「我覺得，也許我們不應該繼續走下去。」

　　「是發生了什麼事嗎？」

　　「其實沒有什麼。」葦璇微微苦笑了一下，又說：「又或者只是我自己的問題，我其實是一個不懂得珍惜另一半的女生？」

　　「你想得太多了。」國賢輕輕嘆息。

「我可以進去嗎？」葦璇問他，一臉疲倦。

於是他只好讓葦璇進門，兩人叫了外送，一起吃了晚餐，聊了一些近況，提到她近來正在跟 Andy 冷戰。她總是覺得 Andy 不夠了解她，Andy 總是怪責她想得太多。而國賢的安慰勸解還是無法產生作用。

最後在十點前，他送她到車站回家，怕她太晚回家會引起不必要的意外或誤會。只是他沒想到，自己之後會收到 Andy 的短訊，而這也是國賢第一次收到他的短訊。他們以前從來沒有在訊息裡聊過天。然後他才明白，葦璇與 Andy 的親密程度，原來已經達到會將好朋友的手機號碼告訴對方的那一種程度，而自己卻從來沒有得到葦璇的知會。

是的，自己如今也只不過是她的其中一位朋友而已。

可是國賢心裡，還是會有一點難堪的感覺。

替葦璇蓋好薄毯後，他坐回到電腦桌前，默默看著她，忽然想起，如果可以回到大學一年級那一年，如果當時在電話裡，在聽到她那夜突如其來的剖白後，如果自己沒有回答她那些話，

如果自己可以成熟一點、可以站在她的角度思考、去體諒她的想法與感受，那麼之後，他們是否就不會分開？

　　即使她的心裡，可能還會有著前任的影子，但後來他逐漸明白，其實在這個世界上，能夠真正做到一心一意的人並不太多。而她當時也只不過是對 Andy 感到一點愧疚，她當時其實也是真的喜歡自己、才會願意跟自己在一起的……是嗎？是這樣吧？

　　但是一切都已經回不去了。

●　●　●

　　晚上十一點，國賢突然從夢裡醒來。

　　自己仍坐在電腦桌前，只是身上多了一張毛毯，他知道這是自己本來為葦璇披上的薄毯。

　　他站起身，見到葦璇早已醒來，像是一副要準備離開的模樣。他問：「要走了嗎？」

葦璇看他一眼，微笑說：「嗯，都晚了。」

「那我送你到車站吧。」

「不用啦，我自己一個人也可以。」

「嗯……」

葦璇打開家門，國賢走近相送。這時葦璇忽然轉過頭來，在國賢的臉上，輕輕吻了一下。國賢不禁呆住，葦璇也沒有說話，帶著微笑，從他的目光中消失離開。

過了很久，很久，國賢才記得關上木門。走到沙發前，坐在葦璇剛才安躺過的位置，看見茶几上有一張紙條。他將紙條打開，看到了葦璇的筆跡：

「我想通了。謝謝這些年來，你都一直陪伴著我。願你會早點找到一位對你好，你也會喜歡的人。」

國賢茫然地看著紙條。

然後又再一次想到失眠。

•   •   •

那夜之後，葦璇再沒有主動找過國賢。

有一次國賢因為一些工作上的事情，致電她想要請教她的意見，但是她也沒有接聽他的電話。

後來，國賢從臉書裡看到，葦璇與 Andy 和好了，更開始經常貼出兩人的合照。

她臉上的笑容，他知道並不是假裝出來，那是她真的感到自在、快樂滿足時的模樣。

然後他知道，她真的已經離開了，從此以後，她不會再出現在自己面前。

還有，曾經有一份幸福，在應該好好留住的時候，悄悄溜走。

**026**

I will see you again,
but not yet.

I will see you again,
but not yet.

有時候，

兩個人會走近，但不會真正在一起，

會彼此疏遠，但不會狠心斷絕往來……

一再重複犯錯，來來回回，

都只不過是因為，我們希望在對方身上，

找到某一個熟悉的身影，

又或是，我們看到了自己的影子，

但是已經再回不到從前。

02
/
鏡子

記得兩年前，某一個晚上，在一個舊同學聚會裡，我與他有過以下一場對話。

　　「你有試過這樣嗎，喜歡一個人，又或者應該說，你想喜歡一個人，但是你對著這一個人，你發現自己有很多很多事情，都不可以去做⋯⋯」

　　「等等。」

　　「嗯？」

　　「你剛才提到，你喜歡一個人，你想喜歡一個人⋯⋯到底你是真的喜歡這個人，還是你只是想去喜歡這個人？」

　　「最初⋯⋯我想我是真的喜歡他，只是後來，我開始也分不清楚，自己是真的喜歡，還是希望可以繼續喜歡下去⋯⋯」

　　「為什麼會有這種情況呢？」

　　「我也不知道。」

「那……好吧，你又提到，有很多事情都不可以去做，有沒有一些例子可以提供？」

「例如……平常和他相處，我都不可以觸碰他的手，即使就只是不經意地碰到，或只是碰到手背也好，都要盡量避免……」

「就算碰到了，又有什麼關係呢？」

「他會以為你是故意如此。」

「就算是故意……又怎樣了？」

「因為他不喜歡。」

「嗯……」

「但是如果他主動觸碰你、挽你的手，這樣就可以了。」

「他有試過這樣嗎？」

「偶爾……」

「這根本就是不公平待遇吧。」

「嗯，還有，不可以過問他的感情狀況，因為他會認為，你沒有這個資格。你也不可以批評他喜歡的對象，這樣會顯得你別有用心。就算明知道他喜歡了一個不對的人，最後也是只會沒有結果，但你也不可以勸說他不要喜歡，說多了，也是只會換來他的沉默。」

「這個我有點兒明白……有些人就是只想聽見支持自己、自己喜歡的意見。」

「又或者像是，要讓他聽見後會感到舒適、不會有任何不快的話。」

「這樣好像是要去討好一個人。」

「嗯，所以，即使有時候他會突然失約、為他空等了好幾個小時，又或是他一直都沒有接聽你的電話、沒有回覆你的訊息，你也不可以去過問他為什麼，更別說要他向你道歉。如果

你勉強他，他會覺得你不夠寬容、是一個記仇小器的人……而且就算是他真的犯錯，你也應該要選擇原諒他。」

「那……他有試過欺騙你嗎？」

「為什麼這樣問？」

「因為我猜，就算你發現他欺騙你，你也是不可以對他生氣吧？」

「嗯……又或是，你不可以去揭穿他的謊言，即使你感到自己被騙了，他也會反過來責怪你，是你自己誤會了他的話，與他無關。」

「果然是這樣呢……」

「會覺得這樣的人很卑微嗎？」

「你自己覺得呢？」

「我也不知道……只是有時會覺得，喜歡一個人，是希望

想在對方心裡留下一個好印象吧，於是為了不想在他的面前犯下任何錯誤，我開始變成一個只會努力去討好他的人……我不可以勉強他出來見面，即使我們已經很久不見了，我也不可以去問他，最近正在忙著什麼，是不是已經忘了我，因為這樣子會顯得我很煩人，會讓他感受到太多壓力……而最重要的是，我絕對不可以將這些想法與情緒，在他面前表現出來，否則只會惹他生氣，讓他決定更加疏遠我。」

「但是，難道你沒有一點兒想要知道，他對你的真正想法，甚至是你在他心裡面的真正位置嗎？我想，你應該也試過為他付出一些什麼，也應該希望得到一些回報，是嗎？」

「有時候……我知道我不應該要求他會對我有同等的付出、或是相應的回報，他其實已經對我很好，其實我是應該要好好珍惜……只是有時候，當我知道他對待其他人的態度，從來不會像待我那樣陌生、冷淡、若即若離，當我知道自己總是會得到他的差別對待，總是會被他忽略甚至無視……我就會想，為什麼他不可以待我公平一點，為什麼我們不可以站在一個對等的位置……如果我真的如他所說，是他的朋友，那麼我這個朋友，至少也應該要得到多一點尊重，多一點溫柔，是嗎……但我知道，他一定又會覺得，這是我想越界的表現，我不可以對

他要求這麼多，我就只是他芸芸好友的其中一位。在他心裡，有很多人都比我重要，我實在沒有資格去想這麼多、想要得到太多……」

「我反而好奇，他真的沒有半點待你好、待你溫柔的時候嗎？如果我是你，對著這一個人，總是會有著不好的情緒與感受的話，我想我應該會早就放棄了，不可能會這樣無止境地一直委屈自己。」

「是的，其實我早就應該要放棄，應該要抽身離開……只是有時他又會待你很好很好，好得不像普通朋友，會有一種像是情人的錯覺。可是當你以為，自己一直以來的堅持與付出終於可以得到回報，他終於會珍惜你了、在乎你了，他又可以立即表現得無比抽離，昨天晚上可能還很溫柔親暱地通電話，但第二天醒來，又會回復成冷言冷語、已讀不回……有多少次，我都會想，這當中是不是有什麼含意或暗示，又或是我可能做錯了什麼令他不快，我到底應該要如何努力或補救，才可以扭轉形勢、讓我們可以再回復之前的甜蜜……但後來我發現，無論我做些什麼，其實都不可能改變分毫。當他需要我的時候，我自然會變得重要，但當他不需要，我就可以一點都不重要。而我唯一可以做的，就是繼續等待下一次他需要我的時候。我

要隨時準備去讓他依賴，而我不可以對他有任何依賴。」

「那是不是就像，他是有心想要一直如此支配你、挑引你、刺激你……困住你？就算你想逃走，他還是會有方法讓你離不開。」

「我也不確定……有時他的冷漠姿態，會讓你覺得，如果你真的離開，他也是不會對你有半點挽留。」

「那你可以乾脆離開呀。」

「是的，只是當你真的累透了，失望夠了，你想要離開的時候，他又會對你做一點什麼，讓你捨不得離開……」

「你覺得，他真的是因為你想要離開，才會做那些事情來留住你嗎？還是這一切都只不過是你的想像、希冀會有奇蹟出現……」

「所以，其實我根本不可以對他的一言一行，抱有太多假設、認定、猜想或質疑，因為想得再多，始終都不會得到一個真正的答案，到最後反而會開始質疑自己的價值與位置，到底

這樣下去，又是不是真的值得？到底這麼疲累與堅持，其實是不是真的想要如此？到底自己只是不甘心而留下、還是自己真的仍然喜歡著這一個人嗎？到底這樣子的自己，又是否算是真的勇敢地喜歡一個人，有沒有好好地面對那一個想去愛人、想得到被愛的那一個自己⋯⋯」

「我開始有點明白，最初你提到，不知道自己是真的喜歡，還是想要去喜歡一個人的情況了。」

「嗯。」

「然後再想得更多，又會引伸出更多的期待、失望、抱怨或不忿，到最後只會讓自己變得更疲累，卻又不知道如何放棄，對嗎？」

「嗯⋯⋯」

「但我想，有天你還是會漸漸學會心淡，有天，就算你再怎麼不捨，對方還是會跟隨自己的節奏與步伐，與你變得漸行漸遠⋯⋯到時你再不捨，也是得面對這個現實。」

「嗯。」

· · ·

後來有一段時期，我與他都沒有再聯絡。

只知道，他好像還是迷戀著那一個人。

只知道那一個人，後來還是選擇與另一個人在一起。

直到兩年後，在另一場舊同學聚會裡，我又遇到了他。

他的目光，再沒有以前的迷惘與困倦，反而有一種淡然，
有點像是看透了的感覺。

· · ·

「很久不見了，你近來好嗎？」

「不錯，你呢？」

「還是老樣子。」

「仍然⋯⋯在執迷於那一個他嗎？」

「其實也不是⋯⋯我想，對比起兩年前的自己，現在我對他的感情，還有思念，應該不能算是執著吧。啊，對了，我已經學會不再主動去找他了。」

「是因為你覺得不可能再跟他發展嗎？」

「如果要說的話，其實還有很多原因。」

「例如呢？」

「嗯⋯⋯是因為不忿自己一直被對方冷落⋯⋯是因為想測試對方會不會找回自己⋯⋯是因為想證明自己在對方心裡還有一定的重要性⋯⋯是因為真的已經等了很久很久、不想再無止境地為對方奉獻犧牲下去⋯⋯是因為其實知道即使再主動下去、也不可能再打動這一個不會珍惜自己的誰⋯⋯事到如今，就算再聯繫再見面，也不可能再找回從前有過的快樂與溫柔，無論自己有多想念對方也好、無論你仍然有多麼認真，也不過是一

場徒勞而已。」

「寧願不要再見嗎……」

「因此與其說，事到如今，我是刻意不再去主動尋找對方，倒不如說，其實我們都已經不需要再刻意疏遠了。我們會繼續生活在同一個城市裡，只要一通電話，就可以隨時重新連接，但是在我們之間，以後永遠都會有一道無形的隔閡，都會覺得，何必還要去打擾對方，何必還要去折騰自己，就算有多思念不捨，但還是選擇用最抽離的姿態，去緬懷這一個曾經讓自己太主動的誰。」

「但你還會想知道，那時候的答案嗎？」

「答案？」

「那時候，你不是一直都想知道，自己在他心裡面的真正位置，他到底有多喜歡你這個人……」

「嗯。」

「看來，你像是已經知道了答案。」

「嗯……後來，有一天，我認識了另一個人。他很喜歡我，我以為自己也可以喜歡他，想要和他發展，然後我漸漸發現，自己其實並不是真的很喜歡他，自己只不過是希望在他的身上，找到一點安慰，一點彷彿我以前渴求想要得到、但是一直得不到的溫柔與愛……但越是得到他的關心與愛護，心底裡有一道聲音告訴我，自己並不是真的想要他的付出，其實……他只是一個替身，而他始終無法取代我心裡一直想念的人……然後，當我開始想要對他疏遠、減少和他見面時，他對我反而變得更積極主動，更體貼溫柔……他完全不會違逆我的想法與心意，也不會勉強我去做任何事情，從來不會嘗試僭越我的底線……我看著這一個人，忽然覺得，自己彷彿看著一面鏡子，一面很像從前那一個我的鏡子……然後我終於明白，兩年前的那一個他，為什麼會這樣待我。因為我從來都不是他很喜歡的對象，不是完全不喜歡，但永遠也不會是最喜歡的那一個人。就算我有多愛他、變得更好、付出更多，但他心裡面的人不會是我，我永遠都不會比得上一個已經錯過了的誰。」

「有時你做得再好，也無法比得上，對方內心裡永遠錯過的誰。」

「就是這樣。」

「那麼，你跟後來的那個他……還會繼續發展嗎？」

「我們……嗯，我們也已經很久沒見面了。」

「嗯。」

「他值得一個更好的對象。」

說完，他的臉上展現出一種從容、淡然。

我想，那並不是代表他已經看透了一切、可以完全地放下。

相反，他只是會變得更加專注地，更加全心全意地，去想念一個人，一個不會再見、永遠會停留在他回憶裡的人。

還有一個曾經也受過傷害，永遠都不可能再追回的誰。

I will see you again,
but not yet.

常常，
有些人可以一起同行，
但是不可以一起共老。
有些人可以笑著思念，
但是不可以笑著再見。

0 3

/

同行

夜深，冷冬。

在卓賢的車裡，嘉欣坐在副駕駛座，與他有一搭沒一搭的閒聊著。

「明早你去新加坡，是幾點鐘上飛機？」

「應該是九點鐘。」嘉欣笑著回答。

「嗯……明早我有事要忙，真不好意思，不能來為你送機。」

「不用不好意思啊，反正我也只是去工作一星期，很快就會回來。」

「真好呢……我也想離開這裡，好好去一趟旅行。」說完，卓賢輕輕嘆氣。

「你想到哪個國家？」

「日本、希臘……也想去新加坡，因為我沒有去過。」

「將來如果有機會，我們一起去吧。」

「好啊。」卓賢笑著點頭。

「對了……」

嘉欣說到這裡時，忽然感到卓賢的左手，輕輕按在她的右手手背上，捉緊。

這是她第一次，被他牽住了自己的手。

當下，她的心裡有些意外，也有一種既歡喜、也帶點猶豫的感覺。或許明確來說，她沒有預想過，在這個晚上，會突然跟卓賢超越了友情的界線。

「對了，下星期你會去 Alan 辦的聚會嗎？」嘉欣不敢稍動，假裝沒有察覺，也沒有移開卓賢的手。

「下星期我會去啊，你呢？」卓賢繼續一臉笑意，彷彿他沒有牽著她的手一樣。

「我會去，如果我可以順利從新加坡回來。」嘉欣也讓自己綻開了笑容。

「不知道到時會有哪些人呢？」

「我也不知道啊，但聽說 Alan 是有些事情想要宣布。」

「是嗎⋯⋯」

嘉欣看看手錶，已是深夜十一時，於是說：「我想是時候回去了，我還未整理好行李。」

「嗯，那你快點回去。」

「謝謝你送我回來呢。」說完這句話，嘉欣輕輕抽回自己的右手，並用左手打開車門。

「一路順風啊。」卓賢依舊坐在駕駛席，笑著對她揮手。

「謝謝你。」

嘉欣也對他揮揮手，然後轉身步進大廈裡，踏進升降機後，她才感到自己的一顆心已經亂跳不止。

• • •

第二天早上，嘉欣準備登機時，收到卓賢的短訊。

「等你回來」

她原本以為，昨晚他的牽手舉動，就只不過是一時衝動而已。

但看著他傳來的這個訊息，她忽然想起，過去認識以來，自己從來沒有聽過他說過類似的話。

這一次，他是認真的嗎？

嘉欣看著機艙外的跑道，心裡忽然有種不捨的感覺。

然後她禁不住回想，自己一直以來，是怎樣看待卓賢這一位朋友。

．　．　．

嘉欣認識卓賢，已經快半年了。

那時候，還沒有疫情，一切還沒有轉變。卓賢在一間網路營銷公司上班，而嘉欣則是剛離職不久，仍在尋找與旅遊相關的工作。兩人在朋友聚會相遇，試過一群人吃過幾次火鍋，一起到戲院看復仇者聯盟的 Endgame。平常兩人之間沒有太多交談，有時在聚會裡碰到，也只會微笑點頭、簡單問好。

後來有一段日子，每逢週日，嘉欣都會上街參與遊行，抗議政府的施政。而卓賢也是一樣，會上街示威，或是專程駕車接送其他示威者回家。因為大家有共同的話題與理想，於是漸漸會相約出來一起遊行，討論時事。

嘉欣住在大埔，卓賢住在鄰近的粉嶺，因此每次遊行前後，通常卓賢都會負責駕車接送嘉欣。最初嘉欣會感到不好意思，但卓賢卻表現得很樂意，而且隨著時局不穩，比起乘搭公共交通工具，乘坐私家車相對來說變得比較安全，因此嘉欣也漸漸習慣，乘坐在副駕駛座的感覺。

閒時，兩人偶爾也會碰面，駕車到山上看星、到海邊聽浪，又或是沒有目的地四處漫遊。兩人在車裡有一搭沒一搭的閒聊，又或是只放著歌曲，看著車外風景不說話。

　　那時候香港的局勢一直不好，每天都有很多令人無奈與不安的事情發生，不少人的心裡都充滿著一種無力感，嘉欣與卓賢也是如此。因此對嘉欣來說，在那些一起遊行、一起漫無目的地四處亂逛的日子裡，卓賢是一個特別而重要的同伴。雖然現實裡有很多問題，他們都沒有能力解決，但身邊有一個人會明白自己、願意陪伴自己一起面對或難過，至少感覺沒有那麼孤單，至少在悲傷的時候，還可以為彼此送上及時的安慰。

　　嘉欣沒有問過，卓賢是否跟自己有一樣的感覺。但每次見面，她都會察覺到，卓賢的表情總是會漸漸變得放鬆起來。嘉欣不知道自己的表情是否也是如此，但她很喜歡與卓賢聊天時的感覺。他很願意耐心細聽她說話，不會中途打斷她，不會岔開她原本想說的話題，也不會對她的感受與看法加上太多預設的見解。他總是會輕聲問她，為什麼會有那些感受與想法，背後會不會有著一些更深層的原因，甚至某些心結。有時嘉欣會因為他的提問而想得更遠，他也總會為她將一些亂想好好重新整理聚焦，讓她可以朝著更有趣的方向繼續思考。

對她來說，卓賢是一位難得、與眾不同的朋友。她沒有想過自己竟然可以與他真正交心，由最初在聚會裡見到，他給她的印象就只是一個很喜歡玩鬧的男生。她也沒有想過，有一天會與他發展出愛情的關係。她很喜歡這位朋友，很享受每次跟他見面的時光，很喜歡在車廂裡有一搭沒一搭地聊天的感覺，很珍惜彼此有著共同目標、一起前進一起退守的默契。但是她真的從來沒有多想，又或者是，一直以來，她是一個對愛情不太敏感、不會抱有太多期待的人。比起愛情，她更相信友情所帶給她的實在感覺。

比起將來可能會失去這個知己，她更寧願與這一個人友誼永固。

· · ·

「順利抵達了嗎？」

下午，嘉欣收到了卓賢的短訊。她立即按鍵回覆：

「已經到新加坡了，剛到酒店 check in」

但之後，卓賢就沒有再回覆了。

嘉欣心裡有點奇怪，因為卓賢很少這樣已讀不回。

她幾乎都已經習慣了，每次收到短訊，自己會立即回覆他，而他也跟自己一樣，從不會讓自己多等一分鐘。

這些日子以來，他們已經發展出一種默契，在短訊裡用怎樣的言辭與表情符號，來向對方表示自己此刻是否可以繼續用短訊交談，是否有時間與心情容許和對方在短訊裡胡聊說笑下去。

例如，當卓賢在忙的時候，他通常會在訊息的最後，加上一個最常見、也最普通的微笑表情符號。最初嘉欣會不明白他用這個表情符號的意思，漸漸她才發現，他是不自覺地用上這個符號。雖然如果繼續傳訊息給他，他仍然會繼續回覆自己，但嘉欣留意到，他會回覆得比平常慢，大概是因為怕得罪對方，所以才會習慣在訊息的最後加上一個微笑符號？所以後來當看到卓賢在訊息後加上笑臉時，她也不會再傳訊息給他，以免妨礙他工作。

但這天是星期天，她記得卓賢不用上班。

然後她又想起，這天香港有遊行，卓賢可能也有參加，所以才暫時沒有回覆。

　　「萬事小心」

　　最後，她在短訊裡如此輸入。

　　但卓賢直到晚上，還是沒有回覆。

•　•　•

　　「喂。」

　　「嗯？」

　　「如果上天現在給你一個願望，一個……一定可以達成的願望，你會許什麼願？」

　　「唔……為什麼你忽然會這樣問？」

　　「沒什麼，只是上一個月，有天我經過時代廣場，那兒正

在舉辦《龍珠》的電影宣傳活動，現場有很多動畫角色的展品。我看著那一個懸吊在廣場大堂上空、巨型的神龍雕像，當時心裡忍不住想，如果可以向神龍許願，自己會最想許什麼願望……」

「你跟我一樣呢。」

「一樣？」

「我也有看到那個神龍雕像，也跟你一樣，想過自己應該要許什麼願望。」

「那你有想到許什麼願嗎？」

「你呢？」

「是我問你啊，為什麼你反問我？」

嘉欣皺眉說，卓賢卻依然神情淡然地看著大海，沒有回應。

「早幾天遊行完後，我回到家裡，看到新聞說，有些人來不及回家，就已經被抓走了……也有些人，想回家，但卻被刻

意刁難，例如被不合理地搜身，或是在巴士上空等兩小時，並禁止對外通訊、不可以上洗手間、不可以打電話給家人……那時我就想，原來可以平安回家，現在已經不再是一件理所當然的事情……」

「是啊。」卓賢輕嘆一聲，苦笑接下去：「一切已經變得跟從前不一樣，不再是我們熟悉的世界。」

「但其實……大家都只不過想用自己可以做到的方式，去守護一些依然想要相信的價值。」

「你剛才問我……想許什麼願望，是嗎？」卓賢看著嘉欣，淡然的目光裡，透著一點點落寞與傷感。

嘉欣沒有說話，那一刻她有一種直覺，卓賢想到的願望，原來也是跟自己一樣。

就只願，大家都可以平安回家。

是一個很簡單，也很卑微的心願。
從那一天起，每逢遊行完後，他們在駕車回家前，都會在

路上看看有沒有人需要幫忙，或是主動提問，要不要乘順風車回家。

雖然每次最後，他們都會弄得很晚很晚，才可以回到自己的家，但是他們都認為這是值得去做的事。

也是一個只屬於他們之間的秘密，與回憶。

• • •

凌晨兩點，嘉欣終於等到卓賢的來電。

「睡了嗎？」

卓賢的聲音，透著一點點興奮。

「對不起，今天我沒有回覆你，因為我一直都在忙……」

「忙著駕車嗎？」嘉欣忍住睡意，輕聲問。

「是啊，一直忙到剛才，送了最後一位朋友回家，於是就

立即打電話給你了……」

「嗯，沒事就好。」說完，嘉欣還是忍不住，輕輕嘆了口
氣。

「你……」

「唔？」

「你……擔心我嗎？」

卓賢問，語氣像是有點期待，有點興奮。嘉欣不禁回想，
過去的大半天時間，自己一直用手機追看香港的即時新聞，還
有網路上的各種消息群組，一方面擔心會看到關於卓賢的名字
出現在新聞裡，另一方面又會因為卓賢始終沒有回覆，而感到
不安與失落。

「當然會擔心啊。」

「真的嗎？」卓賢開心地嚷。

「你……在高興什麼呢？說起來，你應該要立即回覆我的訊息才是啊！」

「因為你會擔心我，所以我覺得開心啊。」

「你是我的朋友，突然失去了聯絡，當然會擔心啊！」

「是嗎……」卓賢像是突然洩了氣，回應得沒精打采。

「你……正在駕車回家嗎？」

「嗯，快要到沙田了。」

「回家後，傳個訊息給我，報個平安……可以嗎？」嘉欣嘆氣，溫柔地問他。

「好啊！」卓賢又重新振作起來。

後來，兩人閒聊了幾句，嘉欣不想干擾卓賢駕駛，所以說要掛線了。

後來，卓賢回到家裡，立即傳訊息給她報平安。但因為擔心了大半天，再加上舟車勞頓，嘉欣忍不住躺在床上，不一會便已經睡著，再也沒有力氣睜開雙眼。

直到第二天早上醒來，她才看到他的短訊，才看到他凌晨三點的「晚安」。

• • •

一星期後，嘉欣完成工作，從新加坡回到香港。

卓賢本來以為，之後可以在 Alan 辦的聚會裡，遇到嘉欣。卻想不到，那天她的家裡臨時有事，聚會開始沒多久就要先行離開，卓賢根本找不到機會和她好好說話。

之後，又過了兩個星期，他們都沒有碰過面。卓賢有心想約嘉欣出來，只是在訊息的互動裡，他隱約覺得嘉欣的反應，不像從前般的熱烈與在乎。

其實這種感覺，在嘉欣還在新加坡出差的時候，就已經開始出現。那一夜，卓賢回到家裡，傳了報平安的短訊給嘉欣後，

想不到她一直都沒有回覆。而過去在他們之間，甚少出現這一種情況。尤其是在她離開香港前的一個星期，每一夜他們幾乎都會在說過「晚安」之後，才會放下手機入眠。他以為這一個舉動，已經變成了兩人之間的習慣與默契。

雖然卓賢明白，這樣的習慣或默契，其實並不代表什麼。那可以是醞釀愛情的曖昧，也可以是自己單方面想得太多。只是卓賢也好想知道，嘉欣對自己的感情，其實是屬於哪一種。

在他眼裡，嘉欣是一位很有個性的女生。她獨立自主，可以不依附別人，可以憑藉心裡堅信的理念與價值觀，冷看這個世界，或遠離制度的束縛。只要覺得是正確的事情，她會勇敢嘗試，反過來，她也不會勉強自己去做一些不喜歡的事情，不會勉強自己去討好不喜歡的人。他很喜歡她的這種倔強，就像是一個不受束縛的野孩子，自由自在，快樂逍遙。

越是和她相處，卓賢越是受到她的這種特質吸引。與其說他欣賞她，不如說他更想要得到她的真心認可與依賴。只是他一直都找不到機會，讓她明白自己的這一種感覺。又或者應該說，已經很久沒有談戀愛的他，欠缺一點向人交心的勇氣。他原本期待，當嘉欣從新加坡回來後，他們可以有更進一步發展。

只是在漸漸變得微妙的短訊對答裡，卓賢的自信與勇氣也逐點逐點流失。越是想確認，越是感到前面像是有一道無形的牆。雖然嘉欣依然會回覆自己的短訊，但是卓賢卻有一種兩人不再同步的感覺。

　　然後轉眼間，聖誕節過去，邁入了 2020 年，香港開始出現第一波疫情。

　　在 2020 年農曆新年前，卓賢終於找到機會，約嘉欣出來聚餐碰面。

　　自從新加坡回到香港後，嘉欣的工作變得越來越繁忙。偶爾她還是會繼續參與週日的遊行，但因為實在太忙，她通常都是一個人獨自參與，沒有再像以前般相約卓賢一起。

　　原本她預計，直到農曆新年過後，自己才有空閒可以停下來喘息。但是因為疫情突然出現，一些原本談好的工作被緊急暫停，空餘的日子反而變得越來越多。因此當卓賢提議過年前一起吃團年飯，她也沒有多想，就立即答應。

畢竟，卓賢已經很久沒有主動邀約她了。

雖然最近都忙著工作，但嘉欣每天依然很期待收到卓賢的短訊。

依然會想知道，在那一夜，他為何會牽著自己的手。

「最近好嗎？」

在餐廳看到卓賢，她坐在他的對面，終於可以細看這張很久不見的面容時，卓賢這樣問她。

「最近……說不上有什麼好。你呢，你好嗎？」

「我嗎……我也不覺得有什麼好。」

嘉欣忽然覺得，他們之間的對答，像是變得很客套、陌生。

她看著他的臉，有別於從前，彷彿帶有一點緊張、一點疲累，還有一種似有還無的不確定。但偶爾，他又會刻意掀起笑臉，笨拙地隱藏之前的不自然，像是想要為自己塗上多一重看

不見的保護色，不想她察覺得到他的真正想法與心情。

　　不知道此刻自己臉上的表情，是否也會跟他一樣？還是就只不過是，自己將內心裡的感受與情緒，先入為主地投射在他的身上，盼望他也會跟自己有著同樣的心情、同一種不安，又或是讓自己逃避面對，他已經不再是從前熟悉的他，他其實已經不會再像從前般，願意無條件地與自己交心的那個現實。

• • •

　　整場晚餐裡，卓賢一直都察覺得到，嘉欣的心不在焉。

　　「對了，之後你有什麼地方想去嗎？」

　　在晚餐的末段，卓賢輕聲問她。

　　「……之後？」

　　嘉欣茫然反問，彷彿沒進入狀況。

　　「我是指，待會結賬之後。」卓賢微笑補充。

「哦⋯⋯沒什麼特別的。」嘉欣低下頭來，然後又像是忽然想到什麼，抬起臉說：「待會我要回去餵貓，我剛剛想起，自己出門前忘了預先為牠們準備好食物。」

「那待會我送你回家吧？我有駕車。」

「嗯。」

之後兩人離開餐廳，步向附近的停車場取車，彼此都沒有說話。

風有點冷，嘉欣這天穿得有點單薄，忍不住打了一個噴嚏。

卓賢見狀，想脫下外套讓嘉欣穿上，但是她立即婉拒了，說自己不冷。他感到有點尷尬，又走了一段路，終於在快要走進停車場的大樓時，他主動牽起了嘉欣的左手。

嘉欣依然靜靜的，就只是任由他，牽著自己的手。

過了一會，卓賢開口問：「你覺得⋯⋯我們是什麼關係？」

嘉欣像是不知道應該如何回答，最後她微微提起自己被卓賢牽著的手，看著他，輕聲反問：「你對朋友⋯⋯也會這樣子，去牽他們的手嗎？」

「當然⋯⋯不會啊。」

卓賢連忙回道，同一時間，他放開了嘉欣的手。

那一刻，嘉欣心裡有一點兒失落，但是她讓自己的臉掀起了笑意。

I will see you again,
but not yet.

後來，卓賢駕車送嘉欣回家，在車程裡，兩人一直談談說說，從沒有停止過，有一刻嘉欣覺得，他們彷彿找回了從前熟悉的默契與節奏。只是心裡又有一道聲音告訴自己，他們只是逃避繼續去面對，剛才的那一下牽手，還有她最後提出的問題與答案。

然後，直到她下車之後，他們都沒有再提起過剛才牽手的事。

就彷彿，一切從來都沒有發生，一切都已經不可以再回頭。

．　．　．

而在那天之後，他們再沒有見過對方。

．　．　．

後來，偶爾卓賢都會回想，自己是不是做錯了什麼，令他
與嘉欣的關係無法更進一步。

最初他以為，她對自己應該也有好感，甚至愛情的感覺。

否則那些晚上的無眠短訊、深夜長談，那些若即若離的目
光、手心的距離，那一點在乎、關心、溫柔與默契，又應該如
何解釋，應該如何釋懷……還是這一切都只不過是自己單方面
想得太多？

然後，越是思考，越是會有一種自欺欺人的感覺。

或許從始至終，嘉欣對自己就只有友情的感覺。她不討厭
自己，但就只不過達到好朋友的那種喜歡？也因此，在第二次
牽起她手的時候，她才會那樣問自己，他會對其他朋友也這樣

牽手嗎？

當然不會，他從來就只會牽自己喜歡的人的手。

但是那一刻，他失去了繼續坦白自己內心的勇氣。

心裡忽然有一種直覺，嘉欣不會喜歡自己，不會想跟他真
正在一起。如果真的喜歡，在最初的時候就應該已經在一起了。
那時候，在車廂裡，嘉欣沒有移開自己的手，或許就只是因為
不想失去他這一個朋友吧？從她後來對待自己的若即若離態度，
她不再像以前那樣在乎，甚至有一段時間沒有跟自己見面，她
也不會有任何反應……這其實也可能是她在向自己暗示或明示，
她想繼續保持朋友關係，就只是不好意思拒絕自己罷了。

當卓賢想通了這一點，他頓然覺得，自己的自欺欺人、一
再糾纏，原來只會為嘉欣帶來更多尷尬與難堪。

也只會讓自己看起來更加可憐可笑而已。

若是如此，倒不如不要再找她，倒不如從這天開始，學習
放棄，學習遠離，不要讓自己再對這一個人，有更多的期待與

動心，長痛不如短痛，反而更好。

那應該是她最想要的結局。

也是唯一可以放過自己、可以重新開始的方式。

．　．　．

後來，偶爾嘉欣都會回想，自己是不是做錯了什麼，讓這一個自己一直珍視的好友，距離變得越來越遠。

若不是自己做錯了什麼，為什麼他會變得越來越遲回覆自己的訊息，為什麼他會變得不再關心自己的一切。

嘉欣試過打電話給他，但每次都是被轉接到語音信箱，而過後他也從來不會回電。

她知道，卓賢是有心躲避自己、疏遠自己，只是她不明白，為什麼他會突然有這種轉變，為什麼之前還會主動牽自己的手，但是如今，卻會變成一個不再親近的陌生人。

之後有一段日子，嘉欣經常都會在夢裡遇到卓賢，但每一次他都會表現得很冷淡，像是已經對她感到厭倦。不論自己說什麼或做什麼，最後他總會繼續走遠，留下她一個人佇立在原地，惶然失措。

　　每次醒來，她都會感到一種莫名的難受。她知道這只是一個夢，卓賢從來沒有在她面前，表現得如此冰冷。只是當她已經嘗試過太多次他的已讀不回，他用沒有回應來向她一再表達他的拒絕與冷漠，就算嘉欣再如何安慰自己，也知道這不過是自討苦吃。

　　然後她才發現，自己對卓賢的不捨，還有重視，原來並不只是好朋友的程度。

　　原來自己一直都很珍視，這大半年來與他相處的每分每秒。那些他們一起去過的地方、一起陪伴對方的深夜與凌晨，那一次他堅持要送自己回家的溫柔與確定，那一種可以待在他身邊的安心與自在……後來每次想起，都會讓她心裡感到更多的刺痛。

　　到最後，她又會禁不住反問自己，到底做錯了什麼，讓他們如今走到了這一個地步。

如果那天，如果在最初，在那個車廂裡，他牽住了自己的手那一瞬間……如果當時，自己不用到新加坡出差，他們可以有更多時間與機會，去確認彼此的感情，去好好留住這一個人……

但她知道，這個世上沒有那麼多如果，再不捨再追悔，如今也就只有眼前的這一個結果。

就只是如此而已。

後來，嘉欣在臉書看到，卓賢換了一輛新的車子。

有別於舊車子的小型簡約風格，是一輛流線型設計的跑車。

她不由得記起，他以前跟她提過想換車，想車廂可以寬敞一點，讓坐的人感到舒適，有需要時也可以載更多的人。但如今他所換的跑車，不適合載太多人，而且外形也比從前的更奪目吸引。

嘉欣看著相片，見到卓賢站在新車前，一副心滿意足的模

樣。她有一種預感，他應該是有新的對象吧，甚至是已經展開了另一段戀愛。

從前與他在舊車子裡有過的快樂時光，還有種種難過時刻，已經變成一段不可能再重來的回憶。

只是這一切，如今與自己都再沒有半點關係了。

也是時候，應該要繼續向前走了。

• • •

後來，卓賢每次駕車途經大埔，都會不自覺地想起嘉欣。

在新車的置物箱裡，他仍然保留著，嘉欣從前留下的太陽眼鏡。

以前，當下午的陽光太刺眼，坐在副駕駛座的嘉欣，都會戴上這一副太陽眼鏡來遮擋光線。後來她更索性將太陽眼鏡留在他的車上。

卓賢有想過，要不要將眼鏡歸還給她。但每次想到最後，他還是選擇讓眼鏡繼續放在置物箱裡。

　　雖然她已經不會再坐在這一個副駕駛座。

　　但又何必再去打擾，何必再一次為難彼此。

　　只要知道她今天依然安好，就好。

　　只要自己每一次仍然會懷念這一段曾經，就已經足夠。

I will see you again,
but not yet.

074

I will see you again,
but not yet.

I will see you again,
but not yet.

世上最遙遠的距離，

並不是我站在你面前，但你不知道我愛你。

而是我們明知道彼此相愛，

但因為那一段看得見的距離，

還有一些無法控制的現實與無奈，

到最後，我們只能一點一點地，

看著這一份感情由濃轉淡……

即使想再好好地抱緊對方，

但是始終都無法將手心的那點暖意，

傳達給對方知道。

04

明年見

時間：2019 年 12 月 27 日

人物：張天輔 沈凌兒

地點：台灣 桃園機場


「好啦，送到這裡就行了，你回去吧。」

『就讓我再多陪你一會兒，好嗎？』

「傻瓜，你就真的這麼不捨得我嗎？」

『……誰不捨得你了，哼。』

「也是，我們要等到明年才會再見，你捨不得也是正常的……」

『明年？……你之前不是說，兩個月後會再回來台北嗎？你……原來是騙我的嗎？』

「你真的是傻瓜啊哈哈哈……」

『你還笑！』

「我沒有騙你啊，現在是 2019 年，兩個月後，不就是 2020 年嗎？」

『……張天輔，你真的很無聊啊！』

「好啦好啦，是我不好，你別哭了……傻瓜，哭了就不漂亮，沒人要了。」

『我有沒有人要，又關你什麼事啊……』

「當然與我有關啊！」

『……』

「……」

『你不會騙我嗎？』

「騙你……什麼？」

『我是說，兩個月後你會再來台北。』

「當然，一言為定！」

『……如果到時你不來，我就去香港找你。』

「我一定會來找你的。」

『嗯。你回到香港，也記得要萬事小心。』

「好。」

時間：2020 年 2 月 10 日
人物：張天輔 沈凌兒
地點：香港 天輔家

「睡了嗎？」

『還沒……你呢，這麼晚還不睡？』

「因為剛才看到新聞，所以忍不住打電話給你……」

『是什麼事呢……香港的疫情有變嚴重嗎？』

「昨天新增 7 名確診個案，據說其中兩個個案，是住在同一幢大廈的樓上與樓下，因為兩個單位共用同一條糞管，但室內的排氣管沒有密封，專家認為有可能因此讓樓上傳染樓下。」

『竟然這樣……真的好恐怖呢。』

I will see you again,
but not yet.

「香港的居住環境比較密集，所以有較大機會出現這種情況。但台灣應該不會發生這種傳染的，你不用太擔心。」

『嗯……後來你有買到口罩嗎？』

「有啊，走了幾區，終於讓我在一家藥房買到了兩盒。」

『會貴嗎？』

「有一點，現在很難買到沒有漲價的口罩了。」

『嗯……不知道上星期寄給你的口罩，什麼時候才會到香港呢……』

「我想應該很快就會到了。」

『不過下星期你會來台灣，到時我可以給你兩盒口罩，讓你帶回香港。』

「嗯……」

『怎麼了？』

「剛才看新聞說，明天開始，台灣政府將會暫緩香港旅客入境，除了是商務往來……即使可以到台灣，入境後也要進行居家檢疫，隔離 14 天……」

『竟然這樣……』

「所以，對不起，下星期我應該不能去台灣了……」

『也不是你的問題，你不用道歉啦。』

「但原本我們說好要一起到台中去看燈會……」

『是有點可惜，但燈會將來可以再看啊……其實，之前我也有擔心過，如果你搭飛機來台灣，會不會不小心受到感染呢……所以，現在你不用冒險過來，真的是太好了，真的。』

「嗯……」

『而且，只要大家都有做好防範的話，我相信這波疫情很快就會過去的。』

「希望如此……」

『到時候，我們再一起到永康街去吃冰，好嗎？』

「你就只想到去吃呢！」

『哼哼……好吧，你也早點去睡吧，明天還要上班，是嗎？』

「嗯⋯⋯我明天再打電話給你。」

『嗯，拜拜。』

「拜拜。」


時間：2020 年 4 月 20 日

人物：張天輔 沈凌兒

地點：香港 觀塘 天輔的辦公室

「在嗎？」

『 =) 』

『有什麼事嗎』

「我終於收到你的口罩了！」

『嘩，終於寄到香港了嗎？』

「是啊……兩個月了，終於寄到了 T＿T」

『是呢，都已經兩個月了……』

「我一定會不捨得用呢」

『傻瓜，如果你不用，那我寄給你又是為了什麼呢』

「但這是你特意寄來給我的啊，而且我們一起等了兩個月，我覺得這件事情本身就已經很值得留作紀念啊」

『嗯……』

『那我明天再寄給你一盒，讓你繼續好好留念 XD』

「 ＝口＝ 」

「我家現在已經有很多盒口罩了，我媽昨天還買了五盒回來呢」

『哼，原來是因為現在有很多口罩了，所以才不稀罕我的口罩……』

「不是啊不是啊！」

『不是不是……你到底是還是不是呢？』

「T＿T」

「我真的很珍惜你特意寄給我的這盒口罩呢」

「我一定會好好去用的」

『哼，這才乖』

「=)」

『=)』

『=(』

「為什麼忽然不開心呢」

『不知道疫情何時才會結束呢⋯⋯』

「我有看新聞，香港與台灣的確診數字，已經開始減少了呢」

『是啊，最近大家開始都回復正常的生活，不再像最初那樣擔心』

『但歐美等國家，最近也不斷出現大爆發⋯⋯』

「嗯⋯⋯」

「但我想，只要香港與台灣有做好邊境防疫措施，沒有再出現確診個案，到時候應該就可以通關了」

「然後，我就可以去台北找你了 =)」

『但願如此⋯⋯』

I will see you again,
but not yet.

『很想念與你在淡水看日落、一起吃霜淇淋 =)』

「你又想到吃呢 ~__~」

「你快點如實告訴我，這陣子有沒有變胖？ XD」

『你才胖！ \__/』

時間：2020 年 6 月 30 日
人物：張天輔 沈凌兒
地點：香港 天輔家

『嘿。』

「嗯……已經凌晨兩點了，為什麼還不睡呢？」

『睡不著。』

「嗯，我也是呢。」

『你在做什麼呢？有吵到你嗎？』

「我在床上，無聊地滑著手機。你呢，之前你又在做什麼？」

『我在想，不知道今年我的生日，我們能否一起慶祝……』

「傻瓜……」

『嗯？』

「我一直都有留意新聞，最近香港與台灣，已經有很久很久沒有出現確診個案呢。那些專家說，只要連續二十一天沒有出現新個案，就應該可以放寬防疫措施，對外通關。」

『也是的，最近街上的人也變多了，除了依然要戴口罩，大家的生活像是開始回復正常……』

「嗯，畢竟都已經快半年了，很多人都提高了防疫與衛生

意識，這波疫情也應該要完結了吧。」

『那⋯⋯之後你就可以來台北跟我慶祝生日了？』

「你的生日不是在八月嗎？」

『是啊⋯⋯』

「如果明天就可以通關，我一定會迫不及待立即去買機票及申請入台證，然後三個小時後，你就會在桃園機場見到我了⋯⋯如果還要等到八月，那實在是太長時間了，就算你可以等，我也不想再等。」

『傻瓜⋯⋯但是你明天不用上班嗎？』

「我可以請假嘛！而且，以後的每個星期五，下班後我都會立即到機場，搭飛機去台北陪你，我們可以再一起乘火車去台南，又或是到花蓮去看海⋯⋯我還有很多地方想要去呢！我一定要補回這半年來的份！」

『如果你每星期都來，你一定會很快破產呢⋯⋯』

「那到時你再接濟我好了。」

『好啊，只要你來台北，吃的喝的都由我來負責。』

「你是說……你打算……親自下廚嗎？」

『你的語氣這麼猶豫，是什麼意思啊！』

「哈哈……不論你煮什麼，我都會好好吃的。」

『哼，你別小看我，經過這幾個月的防疫生活，我的烹飪技術已經變成達人級數了，就連我媽媽也誇獎我呢。』

「真的嗎？」

『當然是真的！』

「那太好了，我之前還擔心，將來如果你嫁人了，但你不懂下廚，你和另一半要怎樣生活呢……」

『為什麼你要擔心這個！』

「當然要擔心啊，畢竟……」

『……畢竟？』

「沒有沒有……總之，我會很期待可以吃到你親手烹調的美食呢。」

『嗯，我也很期待，可以早點見到你。』

I will see you again,
but not yet.

時間：2020 年 8 月 7 日

人物：張天輔 沈凌兒

地點：香港 天輔下班後回家途中

『謝謝你啊』

「為什麼忽然想謝我呢」

『因為我收到你的禮物了』

「你不是正在合歡山嗎⋯⋯」

『是媽媽傳訊息告訴我，收到從香港寄來的郵包，我知道一定是你寄給我的，所以就請媽媽先幫我拆開來看了』

「原來如此⋯⋯」

「喜歡嗎？:)」

『喜歡啊』

『我很喜歡 =)』

「那就好了」

『嗯 =)』

「合歡山好玩嗎？」

『不錯啊，雖然有點遠，但山上的空氣很好，而且下午還有太陽，我們拍了很多照片呢』

「我在你的 IG 有看到，真的拍得很好」

『謝謝你有看啊 =)』

「之後呢？之後你們會有什麼行程？」

『明天我們會離開合歡山，然後騎車到台中吃烤肉慶祝』

「那就好了」

「希望你們玩得開心 :)」

『謝謝你』

『你呢，這幾天有什麼安排？』

「沒什麼特別的，應該都是留在家裡吧」

『晚上不約朋友嗎？』

「現在香港的晚上仍然禁止內用，大家都沒有出外用餐的

意願」

『唔⋯⋯這幾天香港的疫情還好嗎？』

「每天都有超過 100 名確診」

「那些防疫措施好像也不打算會放寬，很多室內或戶外的康樂設施都暫時關閉了，我看就快連公園也會被圍封」

『唉』

『幸好台灣這幾個月都沒有人確診』

「是啊，很多朋友都羨慕台灣人，可以自由地出外遊玩、約朋友吃飯」

「現在香港做什麼都不允許，街上稍微有一點人聚集，也隨時會被檢控」

『難怪你心情會這麼差⋯⋯』

「嗯」

「對不起，最後都不能陪你過生日……」

『不用對不起啊，不是你的問題』

『可以收到你送的生日禮物，已經比什麼都要開心』

「真的嗎 :)」

I will see you again,
but not yet.

『真的 =)』

「嗯」

「希望你明天生日，都可以開開心心」

『謝謝你 =)』

時間：2020 年 10 月 2 日
人物：張天輔 沈凌兒
地點：香港 尖沙咀海旁

「收到你特意寄來的生日禮物，有點意想不到呢。謝謝你送我這款手機殼，在香港找不到這個款式，我很喜歡 =)」

「最近好嗎？近來看台灣的新聞，很少會看到關於疫情的報導，每天都是零確診，你們的防疫真的很厲害啊。香港最近的確診數字也漸漸下降，之前一直禁止晚上內用，直到 9 月下旬也終於解禁了。上星期中秋節，我們一家人去了一間餐廳吃晚飯，有點恍如隔世的感覺。當晚餐廳沒有太多食客，可能是因為大家都依然害怕病毒，不想冒險出外用膳吧，又還是可能大家都沒有心情慶祝……」

「偶爾回看這一年的香港，有很多事與人，都漸漸改變了，不再跟以前一樣。有些人會寧願選擇沉默，有些人最後選擇離開這裡，有些人或許只是不想變得像我一樣，總是會感到一陣無力感，總是會想，一切都已經變得不再一樣，回不去了」

I will see you again,
but not yet.

「幸好，終於可以約親友見面，可以一起出外吃晚飯、喝酒談笑了。原來，可以一起在餐桌前，一邊品嚐美食，一邊輕鬆地談笑聊天，是那麼美好……原來這並不是理所當然的事情。晚飯後，我自己一個人到海邊散步，忽然想起，我們在台北時，一起去過那些餐廳，曾經發生過的點點滴滴。不知道你還記得嗎，在市政府站附近，我們無意中找到的那家咖啡店。那天原本我是想約你去另一家餐廳的，但因為我找錯地方，結果最後我們反而幸運地遇到了那間食物美味、超有氣氛的咖啡店。那天晚上我們在店內待了兩個小時，完全捨不得離開……直到現在，我還記得店裡的旋轉木馬，那張很舒適的超大沙發，紅磚牆上用油漆髹上了英國國旗，秋涼的微風，輕輕從外面吹進店裡，還有你微紅臉上的那抹笑意……如果可以，真想再與你重遊那間咖啡店，真想可以永遠留住那一瞬間……如果可以，真想這一刻你就在我的身旁，一起感受這一份難得的美好，一起再暢遊更多更多不同的地方，一起經歷更多、累積更多更多的回憶……」

「但原來，這些看似微小簡單的美好，也並不是理所當然的」

「今年生日，我許了一個願，就只望這一個願望，可以早

日成真，可以真的成真……」

「願你一切安好」

「晚安」

『早安 =)』

『終於收到你的訊息了，真好 =)』

『很想念你……』

『有很多事情想告訴你呢，很想可以盡快見到你……我也很想念那間咖啡店呢，但是上個月我經過市政府站的時候，發現他們已經停業了，可能是因為受到疫情影響、生意變差了，也不知道老闆會不會再重新開店……真的真的覺得很可惜』

『上星期，我終於考到駕照了，真的很開心啊。下次你來台北，我們可以去兜風呢，又或是去遠一點的地方，例如去新竹看海，相信一定會很好玩……但我要先鍛鍊好駕駛技術呢，大家都取笑我，車子一定會很快被我撞壞……哼』

『為了你，我一定會練好駕駛技術的。你也要加油啊，要好好生活，好好吃飯，好好善待你自己。希望疫情就快完結吧，希望可以早一點通關，我相信我們可以很快再見的』

『對了，明天晚上你有空嗎，我打電話給你好嗎，還有很多事情想親口告訴你呢 =)』

時間：2020 年 12 月 25 日
人物：張天輔 沈凌兒
地點：香港 天輔家

I will see you again,
but not yet.

『聖誕快樂 =)』

「聖誕快樂 =)」

『你有許下什麼聖誕願望嗎？ =)』

「有啊」

『是什麼願望呢』

「還是跟之前一樣……希望我們明年真的可以見面，以後我們都可以一起慶祝生日、聖誕節、新年、中秋節」

『我也是一樣 =)』

『今天晚上會出外慶祝嗎？』

「應該不會了，最近確診病例又再上升，現在晚上仍然禁止內用，大家都沒有興致上街」

『 =( 』

「你呢，你會怎樣慶祝？」

『嗯……其實沒什麼特別』

「不會跟我一樣留在家裡吧？」

「如果你今天晚上沒有節目，那我們可以一起看 Netflix 呢，

最近新上了一齣叫《Sweet Home》的韓劇，是你喜歡的驚悚劇，
我們可以一邊看一邊討論劇情 :D」

『《Sweet Home》我也想看啊！』

『可惜我今天晚上要外出呢』

「啊，原來你有約人了」

『對不起啊……』

「不用對不起啊 :)」

「今天晚上你會去哪裡玩呢？」

『其實真的沒什麼特別，只是約了大學同學，開車上陽明
山，在草山夜未眠一起吃晚飯』

「啊，我有聽說過這個地方，那裡可以看到很漂亮的夕陽，
是嗎？」

I will see you again,
but not yet.

『是啊，之前大家都說很想去那裡看夕陽，但是一直都很
難訂位』

『結果要在一個月前訂位，才可以訂到呢……』

「真的辛苦你了 :)」

『等我去完之後，再跟你匯報那裡的氣氛好不好 =)』

「好啊」

「一定很好的 :)」

『 =) 』

『那麼我們明天再聊』

「嗯 :)」

2021 年 2 月 14 日

人物：張天輔 楊洛文

地點：香港 何文田巴富街球場


『為什麼今天突然約我出來打球啊？』

「沒什麼特別的，見你今天情人節沒有約人，所以才約你出來。」

『你還敢說……之前我們經常約你打球，但你每次都是已讀不回。』

「之前疫情嘛，球場都禁止進入……」

『你這些根本就是藉口，大家都說你完全不回覆訊息。』

「對不起，其實那陣子我心情不太好。」

『唉……其實也不只是你一個，這一兩年來，又有誰的心情會好。』

「嗯……」

『那麼，為什麼你今天約我出來呢？』

「我聽說，你的女朋友在英國讀書，是嗎？」

『是啊，她在倫敦讀碩士。』

「什麼時候會回來香港？」

『本來打算明年會回來，但現在很難說呢。』

「為什麼？」

『有很多很多的考慮，她可能會選擇在英國定居，不會回來。』

「……那，如果她不回來，你又有何打算？」

『你不用擔心我，因為我遲些也打算移民英國。』

「這麼突然？」

『其實半年前已經決定了，等辦好手續，大概今年七月我就會過去英國。』

「唔⋯⋯」

『為什麼突然問我這些事情呢？』

「其實我是想請教，你跟你的女朋友，平時是怎樣相處的⋯⋯你們相隔這麼遠，生活又有時差，這一年疫情，聽說她也不能回來香港陪你⋯⋯你們是怎麼維繫到現在的？」

『怎麼了，你也有這些煩惱嗎？』

「也不盡然⋯⋯」

『你剛才將我們平常會遇到的問題都一一細數出來了，但這些其實也只是很表面的問題。我們都在一起已經快四年了，從我們在英國留學時認識，然後她決定繼續留英修讀碩士、而我選擇回來香港工作，這兩年來我們聚少離多，有過很多取捨

掙扎，也有過一些寂寞難過的時候，但是我們都逐漸適應了這一種遠距離的戀愛。』

「是怎樣適應的？」

『很難簡單地跟你說明啊，每對情侶，又或是每一段愛情，都會有著他們本身的問題，還有答案……所以，其實我比較想知道，你問我這些問題的真正原因，你是否也遇到了類似的問題。』

「我的情況，可能沒有你們那麼困難……我喜歡的女生，她是台北人，住在台北，我們已經有一年沒有見面了。」

『她知道你喜歡她嗎？』

「我想，她應該是知道的。」

『那，為什麼你們沒有在一起呢？是因為她不喜歡你嗎？』

「也不是……本來我是打算，下一次去台北的時候，就會向她表白……怎想到，一年前會出現疫情，結果我再也不能隨

I will see you again,
but not yet.

便去台北。」

『原來如此……看現在的情勢，可能到 2022 年也不能去台灣呢。』

「唉，我也不知道……」

『不過說回頭，為什麼你還沒有向她表白呢？是發生了什麼事嗎？』

「你覺得現在這種情況，我還應該要向她表白嗎？」

『你之前本來不是已經打算要向她表白嗎？就只不過是因為疫情的關係、你不能直接過去台北找她，但你們平時也有傳訊息、用視訊通話吧？』

「有，我們每天都會在短訊聊天，或是用 LINE 視訊對話。」

『那，為什麼你還沒有向她表白呢？』

「因為……我認為，表白是應該要當面向對方說出，才算是真正有誠意。」

『但是你已經不能再親自去台灣，那麼你的誠意，又如何向對方表達呢？』

「所以我才一直等一直等，可以通關去台北的那一天……」

『還是其實，你自己沒有信心？』

「沒有信心？」

『即使表白了，但是你們始終不會立即可以陪在對方身邊……你對這一種形式的交往，沒有太多信心？』

「我也不知道……或許是真的如此？以前，我可以每個月都去一次台北，只要想見面，只要有心，三個小時後就一定可以見到……但這些以前可以很容易做得到的事情，現在卻難如登天，就算有多麼想見面，卻始終無法做到。」

『雖然不可以真的見面，但是平常你們應該有用視訊通話

吧？』

「是的。」

『那……你們有試過寫信嗎？將一些特別的想法、感受與心意，親手寫下來，然後寄給對方……又或是偶爾寄一些小禮物，當對方收到實物的時候，應該可以更真切地感受到對方的心意，還有認真。』

「有啊，我們有時會寫信，也會在對方生日的時候、或是聖誕節，寄禮物給對方，收到的時候，真的很高興……」

『但你現在的神情，卻像是不怎麼高興。』

「上一次，她寄來一款手機殼給我做生日禮物，是我很喜歡的款式，只是那款手機殼，是 iPhone 專用的……之前我本來也是用 iPhone，只是半年前，有一次遊行時我不小心摔壞了手機螢幕，於是後來我換了 Android 手機，但她可能已經不記得了……其實她不記得也是很正常，因為我們不是那一種經常會見面的關係，沒有機會去更深入了解與觀察對方的生活、對方的感受與心情……就算在訊息或通話裡如何努力分享自己的日常生活，

但時間久了，還是會出現各種誤解與落差……在我的角度會有如此感受，或許，她也是會跟我一樣，同樣會感到不安、會覺得我沒有真的很理解她的感受……」

『但說回頭，兩個人相處、交往，本來就不可能無時無刻都可以確切地知道，對方的想法、感受與心意吧？總是會有一些誤會、重新理解、失望、繼續堅持相信……這些階段，然後才會漸漸建立一套屬於你們之間的默契與節奏，是嗎？』

「嗯……」

『我覺得，即使距離很遠，偶爾會有誤解與失望，但是真誠地與對方溝通，依然是一件很重要的事情。如果你收到不合用的手機殼，其實你也可以直接告訴對方知道啊，免得下一次她又會送你不合用的禮物，失望還是其次，但至少不可以白費彼此的心意與堅持。』

「嗯……道理其實我也明白，只是近來，在短訊裡也好、或是通電話的時候也好，都會覺得……好像沒有什麼可以再聊了，在通電話的時候尤其明顯，有時大家都會沒有話說。可以說的，都已經說了，回頭看，那些事情本身也不是特別有趣，

有時我會覺得，她在台北的生活比我要快樂得多，而我好像總是在唉聲嘆氣，總是給予她一個無法完成的希望……如果這時候我又再提起手機殼的事情，只會讓她感到更加困擾吧？」

『是從什麼時候開始，你的心裡出現那一種感覺？』

「感覺？」

『她的生活比你要快樂得多。』

「大約是去年中吧……當時台灣的疫情，很快就平息了，民眾可以回到正常的生活，去年夏天，她還經常跟朋友們出外遊玩，讓我看得很羨慕……但是在香港，疫情總是反反覆覆，又限聚，又禁止內用……每天醒來，都會看到很多令人難過或生氣的新聞，都會覺得，為什麼會越來越荒謬呢……有時也會想跟她分享香港的事情，只是又會覺得，還有什麼好談呢，說得更多或更深入，也只會徒增她的不快樂，她還是會感到有所距離吧……然後，那種距離感又會突顯出我們之間本來的差異，她是台灣人，而我就是香港人……」

『我聽一些台灣的朋友說，過去一年的台灣，因為疫情的

關係，很多人的生活也受到影響呢，有很多店都關了，也有不少人面臨失業，或轉行去做外送。』

「我也聽說過。」

『其實，香港人也好，台灣人也好，大家的日子也是一樣不好過吧，都有各自要面對的問題。你覺得她在台北的生活比你要更加快樂，但可能她也有她平常需要面對的問題，只是她沒有表現出來，而你也無法從旁觀察到而已？就好像你現在跟我說的這些煩惱，就算她其實很想去了解，但她可能也是完全不會察覺得到？換個角度，她可能也會以為，今天情人節，你在香港一定是約了其他女生，所以才沒有時間跟她通電話。』

「……但實際上我是約了你這個麻甩佬。」

『所以呢，要發展遠距離的交往，就不要太習慣先入為主地思考，不要有太多預設及理所當然。如果不改變這一種思考方式，曾經再親密的關係，也會漸漸變得無法長久。』

「嗯。」

2021 年 4 月 10 日

人物：張天輔 沈凌兒

地點：香港 天輔家


「在嗎」

『 :) 』

「在做什麼呢？ :) 」

『沒什麼特別呢……可能晚點會出外吃火鍋』

「是約了人嗎？」

『還不確定呢』

「唔……」

『找我有什麼事嗎？』

「只是突然有點想你」

「我們有兩天沒有聊過天呢」

『這幾天出版社有點忙，抱歉一直沒有找你』

「不用抱歉啊 :)」

「而且現在我們也可以聊天」

『嗯 :)』

『對了，之前我看新聞，香港現在可以打疫苗了，是嗎？』

「嗯，三月的時候可以開始接種」

『真好呢，台灣現在還沒有疫苗』

『你會打嗎？』

「不會啊」

『為什麼』

「因為打疫苗會有風險啊」

『會有什麼風險？ :(』

「有些人打疫苗後，過兩天就去世了」

「昨天新聞也說，有兩名孕婦接種 Biontech 疫苗後流產」

『是因為疫苗的副作用嗎？』

「香港的專家都會說，看不到這些事故與疫苗有直接關係」

「但事實上，這些疫苗本來就是緊急生產，沒有經過長期
而仔細的測試與研究……」

「坦白說，香港很多人對於打疫苗都沒有信心」

『原來如此 』

『但是外國有很多國家，都有不少民眾已經打了疫苗，也沒看到有重大的醫療事故啊』

「表面上是這樣的」

『嗯』

「但始終是打進身體，我覺得不可以這樣隨便做決定呢」

『嗯』

『但如果打了疫苗之後，就可以出國旅行呢？』

「我也不會打」

「為什麼會因為沒有打疫苗，出國的權利就會受到限制？」

『但人家也有不接受你入境的權利啊』

「唉」

「因為想身體健康，我們已經失去了很多自由」

「到最後，連打不打疫苗，也不再由我們自己可以作主」

『其實也不一定要打』

『希望病毒會早一點成為過去吧』

「嗯」

I will see you again,
but not yet.

『好了，我要走了，下次我們再談吧，拜拜』

「拜拜」


2021 年 6 月 11 日

人物：張天輔 楊洛文

地點：香港 何文田疫苗接種中心

『打完了嗎？』

「打完了。護士囑咐我在這裡休息十五分鐘。」

『是啊，我上次也是坐在這裡等，之後就可以直接離開。』

「你上次打完第一針後，有任何不適嗎？」

『打完後的第一天，還沒有什麼感覺，第二天就開始有點低燒，人昏昏沉沉、口乾舌燥，後來休息了半天，就開始沒有那麼辛苦。』

「那麼我明天留在家裡躺平一整天好了。」

『哈哈……為什麼你會突然想來打疫苗？』

「唔……」

『是因為那個你喜歡的台灣女生嗎？』

「之前有一次和她聊天，她問過我會不會打疫苗，當時我

很直接跟她說不會打，後來我才發現，她是期待我打了疫苗之後，之後哪天通關，我就可以立即到台灣旅行、不需要再入境後被隔離十四天……我真的太遲才發現她的想法，所以……最後還是下了決心，來打疫苗了。」

『原來如此……不過我想，即使打了疫苗，之後各個國家也未必真的可以自由通關呢。』

「唉，我也是這樣想。」

『再看看香港政府之前搞的旅遊氣泡，政府也寧願選擇跟新加坡通關、而不會選擇一直零確診的台灣……大概將來即使疫情開始完結、各國可以分階段自由通關，但香港來往台灣，應該會是比較晚的一批吧。』

「我都知道……而且台灣現在也有很多例確診了，唉。」

『對了，你喜歡的那個女生，她在台灣過得好嗎？』

「她……應該還好。」

『應該？』

「最近我們開始少了短訊，上一次已經是五天之前了。」

『哈哈，是因為你不願打疫苗嗎？』

「不是的，而是……我也不知道應該怎麼說，總之就是有一種我們越來越無法同步的感覺。」

『例如呢？』

「例如……唔……最近台灣因為疫情爆發，有些死亡個案，政府都呼籲民眾好好留在家裡，盡量不要上街、不要增加病毒的傳播風險。她工作的出版社也決定讓員工留在家裡工作，叮囑員工如果沒有必要就盡量不要回公司上班。於是之後的一個星期，她就一直留在家裡，完全沒有外出。」

『唉，真的辛苦她了。』

「我試過跟她說，只要有戴好口罩、勤洗手、注意清潔衛生，其實也可以偶爾到室外走走，例如到附近的公園、河邊，

去散步、曬曬陽光，或是做一些簡單的運動，這樣對身心都會有好的影響，總好過長時間都困在屋裡……可是她總是覺得，我不明白她的處境，她會說隨便出外是不負責任的行為，外面有很多病毒，怎可以因為自己的任性而增加家人感染病毒的風險。」

『嗯……這種想法，很像去年疫情反覆爆發時的我們呢。』

「唉……那時候長期把自己困在家裡，最初也不覺得有什麼問題，但時間久了，就會覺得自己有些地方變得不再一樣，彷彿無力感很重，也不想再跟任何人交談，都不想再外出了……但其實並不是真的想要這樣。我很怕她也會變成那樣子。我有跟她提議，可以在清晨或深夜、人比較少的時候，在家附近走走，但她就只是將話題帶開，後來我們也漸漸變得無話可說。」

『也許是因為，台灣這一波疫情爆發，情況真的比較嚴峻……之前一年，台灣幾乎一直零確診，他們沒有經歷過我們去年遇過的情況，因此現在突然遇到大爆發，會變得比較緊張不安，其實也是情有可原呢。』

「我想起過去一年，當第三、四波疫情來襲，但公司還是

要求我每天出門上班，每天有過百萬人困在地鐵車廂裡，結果我也沒有感染病毒……有時我也會想，這個病毒雖然會致命，但是否真的那麼恐怖，是否真的要讓它完全支配了自己的生活……」

『事過境遷後，你當然可以說得輕鬆。但如果現在香港像英國那樣，不再強制民眾出外戴口罩、大家可以不戴口罩四處走，你又會敢去嘗試嗎？不要忘記，英國每天依然有很多人確診，但英國人還是會繼續如常生活，只是他們的如常，跟我們的如常並不一樣而已。』

「唔……我也不知道。或許就是因為這樣，她才會覺得我不是真的理解她的處境與感受吧。」

『直到現在，你還是沒有向她表白嗎？』

「上次跟你談過之後，一直都找不到機會……總是會覺得氣氛不對，平時我們的對話也越來越短、越來越少……大概我已經錯過了最好的時機。」

『或許真的如此，但你們現在仍是會聯絡吧，也不算是完全沒有希望，是嗎？』

「是的。」

『而最重要的是，你現在還喜歡她嗎？』

「喜歡，從來沒有改變。」

『嗯，那就繼續堅持吧，不要讓自己留有遺憾。』

「嗯。」

I will see you again,
but not yet.

時間：2021 年 8 月 9 日
人物：張天輔 沈凌兒
地點：香港 天輔家

「喂。」

『喂。』

「唔……怎麼了？」

『你已經睡了嗎？』

「唔……已經凌晨兩點了？你突然找我……是有什麼事
嗎？」

『真的沒打擾你嗎？明早你要上班吧？』

「沒打擾，我已經醒了……你說吧。」

『謝謝你。』

「嗯。」

『我收到你的生日禮物了。』

「是嗎，幸好趕得及呢！」

『謝謝你仍然記得我的生日。』

「一定會記得的。你拆了禮物了嗎？」

『剛剛拆了。』

「你喜歡嗎？」

『喜歡……但你……實在太破費了。』

「只要你喜歡就好了。」

『嗯……』

「之前我原本打算送你其他禮物，例如是有降噪功能的無線耳機，因為知道你工作時需要聽歌來集中精神……但後來又發現，因為無線耳機的充電盒裡含有電池，香港的郵政不可以寄送，所以最後我就沒有買無線耳機了。」

『那……這一只戒指……會很貴嗎？』

「送禮物給人，又怎會告訴對方禮物的價錢啊……總之你喜歡的話，就算再貴也是值得的。」

『嗯⋯⋯』

「希望戒指的尺寸，還是跟從前一樣吧。」

『這個⋯⋯你也仍然記得嗎？』

「當然記得，那一次在松菸誠品，你看到一只很有特色的戒指，後來差點就買下來了⋯⋯那時候我就偷偷記下了你手指的尺寸。」

『啊⋯⋯那已經是 2018 年的事情了。』

「是啊。」

『但⋯⋯』

「唔？」

『你以後⋯⋯不要再送我禮物了，好嗎？』

「為什麼？」

『我們⋯⋯以後都會是好朋友。』

「⋯⋯你有喜歡的人了，是嗎？」

『⋯⋯』

「我看到你昨天的 IG 貼文，見到有一個男生站在你的身邊⋯⋯是他嗎？」

『其實⋯⋯』

「嗯？」

『你不用掛心我，我在這邊會繼續生活得好好的，希望⋯⋯你會找到屬於你的幸福⋯⋯』

「但我還是很喜歡你⋯⋯」

『謝謝你喜歡我，但將來你一定會找到一位會對你很好、可以與你一起走下去的女生。』

「如果我現在就在台北，如果我以後都可以陪在你的身邊，那……我們還會有可能嗎？」

『那如果……我現在有其他喜歡的人了，你還會繼續喜歡我嗎？』

「……我不知道。」

『其實，就算我們希冀過多少個如果，但到最後，還是只會有這一刻的結果……如果如果，都只是一些不可能會實現的心願。你不可能現在就可以立即前來台北，我們也不可能再回到從前那樣……是嗎？』

I will see you again,

but not yet.

「嗯。」

『所以，我們就這樣吧……我們就繼續做一對，可以偶爾問好，可以笑著懷念的朋友。』

「嗯。」

『將來，如果你可以再來台北……』

「希望你和你的另一半，會一直快樂幸福。」

『……謝謝你。』

「我也謝謝你，陪我走過這一段路，給過我很多難忘的回憶……」

『嗯。』

「好啦，不聊了，明天要早起……」

『嗯，拜拜。』

時間：2021 年 10 月 2 日
人物：張天輔 父
地點：香港 天輔家

『今天假期，不約朋友去玩？』

「不了，偶爾也想留在家裡。」

『嗯……上次跟你提到的事，你考慮得怎麼樣？』

「你說移民英國嗎？」

『我跟你媽已經準備得差不多了，十二月就可以起行……如果你仍然想留在香港也是可以，這間屋我就不出租，以後就留給你打理。』

「英國的疫情還是那麼嚴峻，你們不怕嗎？」

『香港這半年來一直零確診，你又真的過得安心嗎？』

「唉。」

『其實也不是一定要移民，如果你在這裡，還有一些捨不得的人與事，還有一些理想希望完成……我們都會支持你繼續留在這裡。我跟你媽在英國會生活得好好的，你也不用太擔心。若哪天你突然想離開香港，我們也會為你準備好床鋪，隨時都會歡迎你過來。』

I will see you again,
but not yet.

「那將來⋯⋯你們會回來香港嗎？」

『將來的事情，誰知道呢？可能兩三年後我們會回來探望朋友，也可能，以後都不會再回來這裡，有緣的話，就在彼邦再見。』

「你們不會捨不得嗎？」

『我想⋯⋯我跟你媽，最捨不得的人，就是你。』

「嗯。」

『但我們不是想逼你做決定⋯⋯你再好好考慮一下吧，有什麼想法也好，都可以隨時告訴我。』

「謝謝爸。」

『嗯。』

「我想⋯⋯我還是跟你們一起離開香港吧。」

『⋯⋯你真的想清楚了嗎？』

「嗯⋯⋯其實這裡已經沒有值得我留戀的人與事了。」

『嗯。』

「就算有些人仍然想要再見，但也已經不重要了。」


時間：2021 年 12 月 27 日
人物：沈凌兒 同事
地點：台北 內湖 凌兒的辦公室

I will see you again,
but not yet.


『剛剛主任找你聊天⋯⋯是有什麼事嗎？』

「他問我，有沒有興趣到香港出差⋯⋯」

『要出國到香港？要去多久啊？』

「一年。」

『一年？這麼久？』

「因為過去兩年疫情關係，兩地一直無法通關，我們的那
位業務也只能一直守在台灣，後來更辭職不幹了……主任說，
老闆想找一位對香港有點熟悉的人，派駐到香港分部一段時間，
希望能夠對香港的業務及出版業做一次重新全面的評估。」

『好厲害……』

「為什麼好厲害啊？」

『因為可以出國啊！我已經兩年沒有出國了！』

「我是去工作的好嗎？」

『但是你應該答應主任了，是嗎？』

「嗯。」

『真好呢，這樣你就可以去香港見男朋友了。』

「我沒有男朋友啊。」

『咦，但你桌上的相框⋯⋯那個男生，不是你的男朋友嗎？』

凌兒卻只是微微笑了一下，看著相框裡的照片，輕輕搖頭。

照片裡，就只有她與天輔兩個人，背景是夜色璀璨的維多利亞港，這是她 2018 年趁著生日假期，第一次到香港旅行時，在香港拍下的第一張照片。

也是在那一夜，她知道自己莫名其妙地，喜歡了天輔這一個從沒有去過台灣的香港人。

她看著照片裡的天輔，心裡默唸，終於可以去香港了。

只可惜到時候，可能你已經離開了。

到最後我們還是沒有機會再見，好好地說再見。

136

I will see you again,
but not yet.

I will see you again,
but not yet.

有些事情，

可能從一開始就已經註定了結局。


就好像，

有些人適合做情人，但是最後不能做朋友。

有些人適合做朋友，但是始終不能做情人。

偶爾我們或會回想，

如果可以從頭再來，如果可以重新選擇，

最後是否就會有不一樣的結果……


但是這個世界，

沒有如果，只有結果。

沒有誰與誰應該在一起，

只有誰與誰最後仍然會在一起。

愛情如此，友情也如此。

05
/
探熱

「你有聽說過嗎，兩個人交往，如果彼此都互有好感，如果彼此都有心，但是他們都沒有下定決心，總是一直在觀望的話，那麼他們就很難再發展成一對情人，漸漸就只會被排除在愛情的候選名單之外，變成一對普通的朋友。」

　　「我記得，好像有一首歌的歌詞，也曾這樣說過。」

　　「所以，如果你真的喜歡巧琳，就不應該讓自己一直猶豫、或是苦苦壓抑，可以告訴對方的話，就要盡快讓對方知道，莫要讓機會白白溜走。」

　　「明天我會把握機會的。」傲賢握了握拳，一副充滿信心的樣子。然後又說：「也謝謝你明天陪我去壯膽。」

　　水輝沒有再說什麼，就只是笑了笑，然後拿起香菸抽了一口。

　　十八個小時後，傲賢與水輝，還有傲賢喜歡的女生巧琳，三人將會到卡拉 OK 唱歌玩耍。水輝會在中途借故離開，讓傲賢可以與巧琳單獨相處，然後乘機表白。

只是二十二個小時後，巧琳與水輝走在一起，之後更發展成男女朋友的關係。

而傲賢，後來卻變成了巧琳的普通朋友。

• • •

傲賢對巧琳這一個女生，可謂是一見鍾情。

疫情之前，傲賢本來在酒店業工作，每天接觸到的人都是同事與酒店客人，下班後他通常都會直接回家，與巧琳的世界基本上沒有任何交集。

因為疫情，因為封關，外地遊客大幅減少，酒店業首當其衝，需要開源節流、大幅裁員，傲賢就是被裁員的其中一分子。他在家待了一個月，幸好透過水輝的介紹，得到一份外送員的工作。在疫情下，外送的需求增加，傲賢每天揹著外送袋努力接單、送餐，收入反而比在酒店工作的時候還要高。

只是傲賢並不喜歡這一份工作，除了辛勞、工時長，偶爾也會遇到一些麻煩的訂單與客人。水輝告訴他，這一份工作只

是暫時性的，當疫情完結，外送訂單會漸漸變少，到時候就要再換一份更穩定的工作。但他們沒有預料到，兩年後，疫情會一直持續下去，傲賢也由最初總是會對工作百般抱怨，漸漸變成一位真正專業準時的外送員。

有一天晚上，天空突然下起暴雨。傲賢冒著風雨，送完最後一張訂單，從客人的大廈走出來，正想打傘離開，才發現雨傘在之前已經被強風吹歪，再也無法順利打開。

傲賢心裡無奈，之前有打傘的時候，他還是半身濕透了，客人還責怪他讓外送的袋子被雨淋到。現在雨傘壞了，雨卻下得比之前更兇，他突然感到無比困倦，只想好好吃點東西補充體力。

他環顧四周，街上的店鋪大多都已經關門，黑沉沉的，就只有遠處一間便利商店還在營業。雖然要冒一點雨，他還是快步跑到便利商店去，原本打算進內買一個便當，卻想不到冰箱裡的便當、三明治都售罄了。食物架上還有幾個杯麵，但都是他不喜歡的海鮮口味。最後他唯有買了一罐熱咖啡，站在便利店的門前呆等，盼這場雨可以快一點下完，可以回家煮一碗麵做晚餐。

但半小時過去，這場雨仍是沒有一點想要停止的意思。

「還是算了吧。」傲賢心裡嘆一口氣，拉了拉外套的衣領，打算衝進暴雨裡冒雨回家。

「喂。」這時候，忽然背後有一道女聲叫住自己。「這把雨傘，給你。」

傲賢錯愕地回頭，只見一名穿著便利商店制服、戴著黑色口罩的女職員，站在自己身後，並遞上一把短雨傘。

「……謝謝。」傲賢一時之間不懂反應，只知道要道謝。女職員戴著口罩，傲賢不能看清楚她的真正面貌，但她的雙眼水凝靈動、充滿笑意，讓傲賢看得呆住了。

然後女職員轉身走回便利商店工作，傲賢則過了五分鐘後，才捨得打開雨傘離開。

● ● ●

「她戴著口罩，你連樣子也看不清楚，你又怎樣對她一見

鍾情呢？」

　　水輝聽完傲賢的分享，第一時間忍不住問他。

　　「後來有一次，我去附近的茶餐廳吃晚飯，竟然幸運地遇見穿著制服的她在用餐，於是我鼓起勇氣過去跟她打招呼，所以我們都知道對方的樣貌了。」

　　「樣子漂亮嗎？」

I will see you again,

but not yet.

　　「當然漂亮啊，而且看上去有點柔弱，讓人有一種很想去保護她的感覺。」

　　「好好啊，她叫什麼名字？」

　　「巧琳。」

　　「唔⋯⋯那你有進一步問她電話號碼嗎？」

　　「當然有，我們也交換了 IG。原來她以前也曾做過外送員，所以那夜才會對冒雨的我伸出援手。」

「很有義氣啊。」

「我也是這麼覺得。」

「那之後你們還有約見面嗎？」

「偶爾我會在茶餐廳碰到她，我都會把握機會跟她聊天。」

「她有表現得抗拒嗎？」

　　傲賢抬頭默想了一下，說：「我想應該是沒有吧，細談之下，感覺上她是一個不會矯揉造作的女生，我想如果她覺得我討厭，她早就應該不會理我了。」

　　「也是呢。」水輝淡然一笑。

　　「我問她有什麼喜好、假期時會做些什麼，她說她最喜歡去卡拉 OK 唱歌，只是之前因為防疫，卡拉 OK 一直被禁止營業。於是我就向她提議，遲些如果卡拉 OK 重新開放營業的話，我們就一起去唱歌。」

「那她有答應嗎？」

「有啊，然後剛好，明天卡拉 OK 終於解封了，所以我就問她，星期天我們一起去卡拉 OK 好不好，她很快答應了，只是她想有多一些人一起去玩。」

「之後呢？」

「之後我就想起你了，你唱歌那麼好聽。」

「你不怕到時我搶了你的風頭嗎？」水輝盯著他笑。

「其實我是想請你幫我壯膽。」

傲賢有點不好意思地說，水輝卻用力拍了拍他的肩膊，然後又朝他點了點頭，一切彷彿都盡在不言中。

● ● ●

「抱歉」

在卡拉 OK 之約後的第二天早上，水輝傳了這個訊息給傲賢。

當時傲賢正在吃著早餐，看到訊息，他不明白水輝為什麼要跟他抱歉。

「為什麼抱歉」

傲賢這樣回覆，然後水輝的狀態欄，一直都顯示「正在輸入中」。

直到兩分鐘後，水輝才這樣回應：

「昨天晚上，我跟巧琳在一起了」

半分鐘後，水輝又再說：

「我們現在是男女朋友」

傲賢一直看著訊息，呆著，本來拿著咖啡的手，也變得恍如石像一樣，沒有再放下來。

十分鐘後，水輝再傳來訊息：

「你還好嗎？」

然後傲賢發現，自己竟然無法對水輝有太多的生氣。

· · ·

「客人，歡迎光臨，麻煩你們先探熱。」

昨天，在傲賢、巧琳與水輝進入卡拉 OK 前，店員禮貌地向他們呼籲。

卡拉 OK 門前，放著一部測溫機。為了預防疫情蔓延，過去一段日子，大部分民眾都已經習慣了測溫這個程序。水輝首先在測溫機前的感應器揚揚手，測溫機前方的螢幕現出綠色標示，表示水輝的體溫低於攝氏 37 度，沒有發燒徵狀。

然後輪到巧琳，她撥開瀏海的頭髮，讓前額靠近測溫機前，不一會螢幕也顯示出綠色安全標示。

接著輪到傲賢。傲賢伸出右手到測溫機前，同時間轉頭望向巧琳，笑問：「待會你最想點唱什麼歌呢？」

可是巧琳的眼神，像是完全聽不到傲賢的話，她就只是一直默默的看著，已經走到詢問櫃前的水輝。傲賢不明白巧琳為何會有這一種目光，正想再說些什麼，可是這時候，測溫機忽然響起了一下刺耳的響聲。

螢幕顯示出紅色標示，並標示出溫度為 38.1 度。

傲賢看著測溫機，微微發呆。店員一瞬間像是也反應不過來，過了兩秒鐘，才對傲賢說：「先生，不好意思，你的體溫過高，不可以光顧敝店。」

「我⋯⋯可以再量一次嗎？」傲賢心裡尷尬，他不覺得自己今天身體有任何不適。

店員點了點頭，於是這次傲賢伸出左手讓測溫機感應，只是螢幕依然顯示紅色，38.1 度。

傲賢不服，又試了一次右手，再試了一次前額，可是測溫

機的結果始終不變，最後一次的體溫更顯示 38.2 度。

「你沒事吧？」水輝走過來問，傲賢望向巧琳，只見她的雙眼充滿了關注，同時夾雜著一點點失望。

「沒事的，可能我的身體有點過熱……可能因為很久沒有唱卡拉 OK，我實在太興奮了。」傲賢嘗試令氣氛變得輕鬆一點，對巧琳說：「你們先進去吧，可能過一會兒，讓我先冷靜一下，體溫就會回復正常了。」

「真的嗎？」巧琳怯怯的問，然後又望了水輝一眼。

「水輝，你就先帶巧琳進去吧，我很快就會進來加入你們。」傲賢勉力笑了一下，又向店員問：「是不是只要顯示為綠色，我就可以入內？」

店員點點頭，一副事不關己的模樣。最後水輝只好先帶巧琳入內，留下傲賢一個人在卡拉 OK 外，等候體溫稍降後進場。

只是傲賢的體溫一直都沒有下降。五分鐘後、十五分鐘後、二十分鐘後、三十二分鐘後、一小時後，不論傲賢喝過多少冰

水，甚至買了冰棒來吃，體溫還是維持在 38 度以上，更讓卡拉OK 的其他員工都對他變得格外留神。

但傲賢明明沒有感到半點不適。他一度懷疑測溫機是否壞了，可店員拿出了另一副手提測溫槍出來，對準傲賢的前額探熱，結果也同樣顯示傲賢體溫過高。

最後，在嘗試了第十次探熱後，傲賢放棄了。

他拿出手機，傳短訊告訴水輝，因為店員不讓他進內，要他與巧琳玩得開心一點，要好好替他照顧巧琳。然後他也傳短訊告訴巧琳，解釋他還未能進場的原因，並提議下星期假期時可以再約。

回到家裡，傲賢拿出自己的體溫計來測試，37.8 度。他不由得苦笑起來。想不到自己的戀情，竟然會因為量體溫這一個防疫政策，而遇上窒礙。是自己運氣太差了吧？大概將來，水輝與巧琳都會拿這一件事來取笑自己？

想到這裡，傲賢又笑了一下，不再縈懷。

只是水輝與巧琳，後來都沒有回覆他的短訊。

到了晚上，一直都沒有回覆。

• • •

如果自己當時沒有發燒，如果自己可以跟巧琳一起去唱卡拉 OK，如果他沒有邀水輝一同去玩……那麼之後是否會有不一樣的結果，之後巧琳與水輝是否就不會走在一起？

有一段時間，傲賢都會這樣反問自己。

只是這一切疑惑，都不可能會有一個真正的答案。

過去了的事情，已經不可能再回頭推演一次。而自從卡拉 OK 那天，傲賢跟水輝就沒有再碰過面，他也沒有回覆水輝之後的短訊。

還可以回覆什麼、再說什麼呢？傲賢自問沒有那麼大方，可以祝福他與巧琳要快樂幸福，更別說放下尊嚴，去過問他們在一起的那些經過。

如果真要怪，就只能怪自己當時為何會突然發燒，或是去怪那一個無聊的防疫政策。

還有，自己為何要介紹巧琳與水輝認識，為何自己在最重要的時候，偏偏讓那一個機會從自己手裡溜走。

· · ·

「最近很少在便利商店看到你呢。」

有天，傲賢在茶餐廳吃晚飯時，被巧琳碰見。

其實他已經轉到較偏遠的茶餐廳用膳，卻想不到還是躲不了。

「最近也很少在茶餐廳見到你呢。」巧琳又說，雙眼滿是笑意。

「最近比較忙。」傲賢撒了一個謊。

「我可以坐這裡嗎？」巧琳指一指傲賢對面的座位。

「可以啊，現在還沒有實施『一人限聚』。」

巧琳搖頭苦笑一下，坐在傲賢對面，跟侍應點了餐。過了一會，巧琳脫下口罩，笑著對他說：「有一件事情，我想親自告訴你呢。」

傲賢默默屏息，心想，她終於要跟我宣布，已經跟水輝在一起了。

只是巧琳接下來的話，超出了傲賢的預期：「我想好好的答謝你，讓我可以再重新遇上水輝。」

重新遇上？傲賢不敢肯定自己有沒有聽錯，可巧琳又重複了一遍：「我真的沒有想過，竟然可以在唱卡拉 OK 那天，重新遇上他。」

「你……之前認識水輝嗎？」傲賢問。

「嗯，你還記得，我一年前也曾經做過外送員嗎？」

「記得啊，你有跟我說過。」

巧琳微微低頭，笑著說下去：「一年前，那時候還沒有疫情，有一天晚上，我收到一張外送訂單，要送薄餅到一幢工業大廈。那幢大廈有點難找，我騎著單車兜了兩圈，幾經辛苦才終於找到，那時候天空開始飄起細雨。等我送完食物到客戶手上，再步出大廈時，細雨已經變成滂沱大雨……我站在大廈門前，沒有帶任何雨具，原本被我停在門前街道的單車，也已被雨水完全淋濕了……然後手機這時還收到新的外送單，要我在十五分鐘內抵達餐廳。」

　　傲賢聽到這裡，心裡有一點似曾相識，有一點恍然大悟，還有更多更多若有所失的感覺。

　　「我抬頭看著夜空，雨水不斷密集地傾灑下來。我本來想放棄外送單，就讓公司罰錢吧，但這時候，身旁忽然有人向我遞上一把雨傘，還將他身上穿著的雨衣都脫下來給我。」

　　「這個人是水輝嗎？」傲賢緩緩地問，同時間他感到自己的語氣有點意興闌珊。

　　「是啊，就是水輝。」巧琳一臉甜蜜，微笑著說下去：「當時他穿著另一家外送服務的制服，我忍不住問，他將雨傘及雨

衣借給我，那他之後要怎麼辦？他卻只跟我輕輕笑說，他已經下班了，不再需要雨傘，然後他就轉過身，朝著仍下著雨的街上跑去……之後我才想起，自己忘了問他的名字及聯絡方法，也不知道如何才可以還他雨傘及雨衣。」

傲賢輕呼一口氣，笑問：「我猜，那把雨傘及雨衣，後來你一直都有保留著，希望有天可以再遇上他，好好答謝他……是嗎？」

巧琳沒有回答，就只是低下頭來，笑得更甜。

「然後你終於得償所願呢。」

「幸好有你啊。」巧琳看著傲賢，一臉確定與感謝的神情。

「我什麼也沒有做……」傲賢心裡苦笑。

「如果不是你，我們也不會重新遇上，也不可能走在一起呢。」

只是巧琳還是給予傲賢致命的一擊，傲賢只好默默吃他的

晚飯，然後聽著巧琳繼續跟他分享，與水輝日常相處時的點滴。

然後感到，自己與她的距離，變得越來越遠。

· · ·

後來，每次巧琳見到傲賢，都會跟他分享或傾訴，她與水輝在一起時的趣事、各種感受與想法，也會向傲賢探問水輝是一個怎樣的人、有著怎樣的過去與喜好，傲賢彷彿變成了她的戀愛軍師。

傲賢有想過，拒絕再傾聽巧琳的心事。

只是每一次他都做不到。偶爾巧琳會傳訊息給他，約他到便利商店，請他喝一杯咖啡，兩人天南地北閒聊一下，紓解工作上的疲勞。而傲賢其實也很享受，可以跟自己喜歡的女生成為無所不談的朋友，儘管她不知道或不想知道，自己對她的喜歡與心情。

然後，因為巧琳的一再邀請，傲賢偶爾也會和巧琳與水輝三個人一起去逛街、吃飯、看電影。

雖然偶爾，傲賢會因為看到他們兩人的親密模樣，感到不是滋味，但可以看到巧琳開心微笑的神情，他又會覺得，可以成為她的朋友、繼續看著她得到想要的幸福，並一起累積更多不同的回憶，這樣子其實也不算太差。

總好過，如果表白失敗了，以後就會成為不再見面的陌路人。

而他與水輝之間，也漸漸恢復了往時的親近程度。只是傲賢不會主動去問水輝，他與巧琳之間的戀情發展。而水輝也從來不會提及半句，兩人都有默契地選擇對這些事情避而不談，不想引起任何尷尬與誤解。傲賢曾經想過，巧琳是否察覺得到他與水輝之間的這一點不自然，但是她一直都沒有問，他也不可能主動提及，漸漸他也告訴自己，就算再想更多，對大家也不會帶來任何好處，倒不如讓一切順其自然。

然後，兩個月過去了，香港又迎來了新一波的疫情。傲賢與水輝的外送工作，又再變得忙碌起來。

●　　●　　●

「真的有那麼忙碌嗎？」

便利商店外，巧琳與傲賢兩個人，戴著口罩，趁著工作的空檔，倚在街上的欄杆閒聊。

「很忙碌啊，從早到晚，我的手機都不停收到外送單，幾乎連吃飯都沒有時間呢。」傲賢如實回答。

「但是再怎麼忙碌，也不會完全不接聽女朋友的電話，不回覆訊息吧……」說完，巧琳輕輕地嘆了口氣。

「可能他真的很忙呢。」傲賢回道，雖然他最近與水輝沒有聯絡。他們兩人負責不同的外送區域，平時本來就很少機會可以遇上。

「我已經有一整天沒有聽到他的聲音了。」巧琳苦笑。

「你有試過傳語音短訊給他嗎？」

「有啊，我跟他說晚安、早安，但是他一樣沒有回……我就只能看見他已讀了我的訊息。」

傲賢聽到這裡，知道水輝可能是有心避開巧琳，只是他也不知道應該如何向她明言。

　　「是我太煩人了嗎？」巧琳低下頭說。

　　在變得熟稔以後，傲賢逐漸了解到，巧琳是一個戀愛至上的女生。她平時待人友善、細心體貼、處事明快，也懂得理性思考，只是當她投入戀愛時，她會希望經常都可以與另一半聚在一起，最理想的狀況是每天都能夠見面，即使不能夠見面，也喜歡與另一半在短訊裡不斷聊天打發時間。

　　最初水輝都會抽時間盡量陪她，與她講電話、傳短訊聊天。據傲賢了解，他們每晚都會聊兩小時電話，直到忍不住睡著了才會捨得掛線。傲賢知道水輝本來不是一個喜歡聊電話的人，他應該是為了迎合巧琳的意願，才一直陪她聊下去。只是漸漸，巧琳會有一點抱怨，因為水輝在電話裡總是會顯得心不在焉。有一次她在通話時，跟他提到第二天的約會時間與地點，但水輝當日竟然失約，巧琳因此發現，原來他沒有將心思放在與自己的通話裡。

　　後來，巧琳只好不再勉強水輝每日陪她講電話，也減少傳

短訊給他，不再要求他盡快回覆。但兩人的關係，也漸漸變得疏離，巧琳會覺得水輝並不明瞭她的真正感受，而水輝的態度也像是變得愛理不理。

　　傲賢一直在旁觀察這個過程。偶爾他也會想，如果他是水輝，自己又是否可以滿足得了巧琳的需要。他本身也是一個不喜歡時常聊電話的人，以前談戀愛，最初開始的時候，他當然也會很想見到對方，但他也從沒試過想要每天都跟對方約會見面……他還是會希望可以有一點私人時間，去做一些其他事情，或是在家裡好好休息。

　　如果自己是水輝的話，可能最初也會像水輝一樣，努力去滿足巧琳的願望。但是這樣子的迎合，自己又可以維持多久？可能一個月或兩個月，當熱戀期過後，自己也可能會開始變得倦怠，然後會讓巧琳感到失望？但如果自己可以與巧琳在一起，他一定會不惜一切，要讓她一直感到幸福快樂……應該是這樣子的。但他也相信，水輝當初是真的喜歡巧琳，才會不惜背叛自己、而決定跟她在一起。那麼是水輝不夠喜歡巧琳嗎？還是兩個人相處，並不是真的只倚靠兩個人之間有多少喜歡，就可以一直維持下去，就得以恆久？

但即使再如何空想，傲賢還是不能找到一個確切的答案。

　　「我想，並不是你太煩人，而是他可能也需要一點私人空間而已。」最後傲賢只能如此安慰她。

　　「我知道，我也已經給了他很多私人空間。」巧琳微微苦笑一下，又說：「我也不是第一次談戀愛，不是第一次遇到這樣的情況……我也知道，接下來的故事，會有怎樣的發展，最後會有一個怎樣的結果。」

　　「你知道？」

　　「有些事情真的不能勉強，也不能將就……如果我真的喜歡這個人，我希望他可以真的活得快樂自由，可以真心真意、不感到絲毫壓力地，去做他喜歡的事情，喜歡他想要喜歡的人……我不想自己變成了他會感到討厭，想要逃避躲開的人，也不想讓他變成一個我眼裡的壞人，一個在將來的回憶裡，只會一再埋怨不忿的人。」

　　說到最後，巧琳抬頭輕輕呼一口氣，然後走回便利商店裡繼續工作。雖然她的臉上戴著口罩，但傲賢從她的目光裡，感

受到她的無可奈何，還有乾脆。

　　也是他第一次知道，原來當一個女生看透自己戀情的將來時，是可以如此灑脫，如此理性。

　　　　　　　　　　● ● ●

　　一個月後，聖誕節，傲賢在上班時，收到了巧琳的短訊。

　　「我們分手了」

　　「你還好嗎？」

　　傲賢不知道應該說什麼才好，最後只好這樣問她。

　　過了一分鐘，巧琳回覆：

　　「還好」

　　「是我自己先提出分手的」

傲賢有點愣住，但下一秒鐘他又想到，她大概是抱著怎樣的心情，來向水輝提出分手。

「需要別人陪你傾訴嗎？」傲賢問。

「不用了，我想一個人靜一下⋯⋯我很好，不用擔心 :)」

「嗯」

傲賢收起手機，一邊繼續工作一邊回想，自己認識巧琳已經快要半年了，大概也了解到她是一個怎樣的女生。他知道，戀愛至上的她，此刻一定會很不快樂。但是他也相信，她一定不會做什麼事情來傷害自己。雖然她的外表看似柔弱，但她是一個處事成熟、會理性思考的人。接下來的日子，她一定會好好讓自己療傷，有天她總會漸漸復原過來，如今她只是需要一點時間而已⋯⋯他知道。

只是同時間，傲賢心裡也有點落寞的感覺。

他知道，沒有了水輝這一個共通話題，之後的日子，與巧琳的交集也許會變得越來越少吧。

雖然她回復單身了，但是傲賢知道，巧琳還是不會喜歡自己，因為自己並不是她的理想戀愛對象。

至少，要像水輝那樣，外表俊朗，有風度，懂得了解女性心理，有一種不會讓人討厭的魅力……

就好像，即使自己的心儀對象被他搶走了，但始終還是不會對他這個人有太多生氣。

想到這裡，傲賢忍不住輕輕呼了口氣，搖頭苦笑。

● ● ●

到了晚上，意想不到，傲賢收到了水輝的來電。

看到水輝的名字出現在螢幕時，傲賢有點愣住，因為他已經很久沒有主動聯絡自己。

「喂。」過了幾秒鐘，傲賢還是按鍵接聽。

「是我。」水輝的聲音，聽上去像是有點拘謹。

「有什麼事嗎？」

「沒什麼……」水輝頓了一下，說：「嗯，我和巧琳分手了。」

「我知道啊。」傲賢緩緩地說。

「你知道？」

「巧琳有傳我短訊，跟我提到你們分手。」

「原來如此……」水輝苦笑了一下。

「為什麼要特意打電話來告訴我？」傲賢也忍不住苦笑了一下，問。

「其實，我自己也不知道為什麼……」水輝輕輕嘆氣，然後說：「或許，我覺得自己應該要好好向你交代一聲，又或者應該說，其實我要好好對你說一聲……對不起。」

「對不起什麼啊……」傲賢心裡明白，水輝為什麼會在這

個時候向自己說對不起，只是他覺得這一句對不起，其實已經變得不再重要了。「而且你之前也已經跟我說過抱歉，為什麼現在還要說對不起呢。」

「因為⋯⋯唔，最後我還是讓巧琳受到傷害。」

「喂⋯⋯你會有這樣的想法，一點也不像是我認識的水輝啊！巧琳有沒有受傷，是你與她之間的問題，為什麼與我扯上關係呢⋯⋯」

「但是我心裡是真的覺得對不起你。」

「唉⋯⋯其實我早已看開，你就不要再這麼婆媽地跟我道歉了。」

「是嗎⋯⋯」

「雖然你知道我喜歡她，但縱使如此，你還是想要跟她在一起⋯⋯我知道你本身並不是一個會故意破壞別人戀情的人，我們認識已經多少年了啊？但這一次你竟然會選擇這樣做，那原因大概就只有一個，就是你本身也真的很喜歡巧琳，甚至是

在我遇上她之前，你就已經對她有過好感，只是我們都沒有發現而已。若是如此，我又有什麼資格去對你生氣呢？而且她也喜歡你，那對所有人來說，你們走在一起，本來就已經是一個最恰當的發展啊。」

傲賢將這些日子以來，一直放在心裡的想法如實告訴水輝，有一種豁然開朗的感覺。

「你……」

「嗯？」

「你真的看得很開呢。」水輝苦笑。

「不是我看得很開，而是這兩年的日子已經如此艱難，那我們又何必再為了這一點小事，而為難我們自己。」

「嗯。」

「那你呢，你們分手了，你還好吧？」

「其實我想最受傷的人，一定不會是我。」

「嗯。」

「但我答應她，我們以後依然會是朋友。」

「你們覺得可以，就好。」

「應該可以的……只是需要一點時間。」

「但願如此。」

●　　●　　●

　　四個月後的一個星期三，巧琳約了傲賢與水輝，三個人一起到沙田來一趟單車遊。

　　最初收到巧琳的來電邀約時，傲賢曾經猶豫了一下，因為他很久沒有騎單車，他擔心自己的技巧可能已經有點生疏。但是在巧琳一再軟硬兼施的熱情邀請下，他最後還是答應了。

其實他也好想見見巧琳與水輝。偶爾他還是會在茶餐廳碰到巧琳，但是這幾個月來，他就只見過水輝一次，兩人休假的時間都不一樣，平常根本不可能會有相聚的時間。因此，他心裡實在感謝巧琳的主動邀約，逼使大家預先請好假期，這樣才有機會讓大家可以重新聚在一起。

只是到了星期三，當他們三人約在單車場地，各自選了一輛單車一同起步後，不到一會，巧琳與傲賢已經將水輝遠遠拋離……那刻他們才知道，原來水輝的騎單車技術，比起一般人的水平還要差。騎了不久，他們兩人就得停下來等待水輝。

「原來你不太會騎單車啊！」巧琳忍不住取笑。

「我不是不會！」水輝氣喘吁吁地辯解。「我只是很久沒有騎而已。」

傲賢已經有三年沒有騎過單車，但技術也沒有水輝那樣差勁。他說：「說起來，以前中學的時候，有幾次我們一班同學相約去騎單車，你從來沒有參加過，每次都總是說約了女生……」

「他應該是因為不懂得騎單車，所以才隨便找一個藉口

呢。」想不到，巧琳會在這個時候展現毒舌的才能。

「你們就不要在這個時候一唱一和。」水輝一臉無奈，向兩人揮揮手說：「你們就不用理會我，按照你們自己的節奏去玩吧……我會慢慢追上來的。」

「好吧。」

話雖如此，傲賢與巧琳還是放慢了車速，讓水輝不至於會被大幅拋離。他們從沙田出發，兩人談談笑笑，不一會已經騎到吐露港公路的單車道。

只是水輝還是遠遠落後了，幾乎看不見他的蹤影。

於是他們在一個沒有大樹遮擋、可以看到開闊海景的路邊，停下來等待水輝。傲賢用手機傳了一個短訊給他，說他們會在前面等他。過了一會，水輝回了一個笑著哭的表情符號，也不知道他要多久才可以追上來。

「要吃糖嗎？」巧琳一邊問，一邊從背包取出了一包橡皮糖，傲賢認得包裝，知道是一家英式百貨公司的產品。

「咦，你也喜歡吃這一款橡皮糖嗎？」傲賢忍不住問。

「你不喜歡嗎？」

「不⋯⋯我喜歡啊，只是想不到你也會吃這一款橡皮糖。」

「其實我是看過你的 IG，見過你有貼過這款橡皮糖的相片，於是才去買來嘗試的⋯⋯然後一試就喜歡上了。」

「原來是這樣。」

然後巧琳將開了封的糖果包送到傲賢面前，傲賢伸手取了一顆提子味道的橡皮糖，巧琳自己也取了一顆桃味橡皮糖，兩人一邊細嚼，一邊看著海景，都感到一種說不出的輕鬆寫意。

過了一會，傲賢忍不住看了身旁的巧琳一眼，剛好巧琳也在同一時間，與他的目光對上。巧琳微笑問：「怎麼啦？我臉上有東西嗎？」

「沒什麼，只是突然想起，以前從來沒有想過，有天竟然會與你站在這裡，一起吃著橡皮糖，一起看海。」說完，傲賢

又從她手中的糖果包，取了第二顆橡皮糖。

「我也沒有想過啊……」巧琳伸了一個懶腰，嘆：「真想這一刻，可以一直延續到永遠呢。」

「永遠？」

「嗯，希望我們可以一直都友誼永固，你永遠都會是我重要的朋友。」

巧琳看著他，一臉誠摯地說。傲賢微微笑了一下，雖然他早已經知道答案，心裡依然會有一點難過，只是他也慶幸，自己可以認識巧琳這一個人，可以在此時此刻，成為她未來願景裡的其中一角。

十五分鐘後，水輝終於來到，他的臉上已經滿是汗水。傲賢要他先休息一下，等十分鐘之後再啟程。但水輝卻提出反對，他認為應該休息三十分鐘才算合理。巧琳將糖果包遞到水輝面前，水輝卻說他不喜歡吃橡皮糖，並反問他們有沒有準備巧克力或餅乾。

傲賢與巧琳對望了一眼，最後都忍不住，一起搖頭笑了。

I will see you again,
but not yet.

致每一位，

曾經為另一個人不斷努力的你，

曾經，忘記要為自己努力的你。

06
/
努力

凱桐第一次戀愛，是發生在 17 歲的時候。

那時候，考完會考不久，因為家人的提議，她去了一家旅行社做暑期工。在那裡，她認識了比她大兩歲、正在讀大學的 Calvin。

她喜歡他的俊朗，還有與女生相處時會變得木訥呆笨。下班後，她經常都會找藉口，約他一起到附近的商場遊逛，或是一起晚飯。因為是第一次認真地喜歡一個人，最初凱桐也不知道，應該如何向對方透露自己的心意。幸好，在一個晚上，Calvin 說要送她回家，然後在車程裡，他主動牽起了她的手。

家人一直都不鼓勵凱桐在求學時期談戀愛，所以凱桐就只有告訴妹妹自己的戀情。也因此，每次想與 Calvin 約會，她內心都會有一場天人交戰──到底要不要向父母撒謊、瞞著他們外出？還是應該取消約會、讓 Calvin 又再失望……但 Calvin 偶爾會反過來安慰她，他們平時都可以在上班時見面，也不一定要在假期時再偷偷約會。凱桐心裡感激他的體貼與溫柔，只是她也想要與他有多一點相處的時間，想要與他累積更多快樂的回憶。

兩個月後，會考放榜了，凱桐如願考取到可以升讀大學心

儀學科的成績。只是她的爸爸卻決定，要她到英國留學四年。她無法違抗父母的意思，只好在第二天下班後，將這個消息如實告訴 Calvin，還有她已經向旅行社請辭。Calvin 知道後，一直都沒有說話，臉上就只有不解與無奈，最後他送她到車站，那天晚上他們也沒有聊電話。

　　從那天開始，凱桐感覺到 Calvin 對自己的日漸冷淡與疏遠。雖然凱桐明白他為何會有這種轉變，但明白是一回事，會不會難過卻是另一回事。在她要離開香港前的最後三個星期，凱桐都會盡量抽時間，每晚在旅行社外等 Calvin 下班，但他總是會加班到很晚，又甚至在訊息裡回說沒有心情見面、要她自己先回家。每次打電話給他，很多時候也是沒有接聽。到了最後一個星期，她寫了一封很長很長的信，特意乘車到他家，放進他的信箱。可是他還是沒有任何回覆。她知道，他們這一段戀情應該算是已經完了。只是他選擇以不再回應與不再來往，來代替最後的分手與再見。

　　在機場臨走進禁區的那一刻，凱桐還是忍不住回頭，希望還會見到 Calvin 的身影。她有在訊息裡告訴他航班時間，她看到他有讀到她的訊息。她知道，自己只能努力地接受這一個答案。

　　　　　　　　• • •

　　去到英國的第二年，凱桐和同是來自香港的 Tim 在一起。

　　他們是在派對裡認識的。凱桐平常不太喜歡參加同學的派
對，那一次是因為好友要在家裡辦生日派對，她才只好答應出
席。凱桐本身不擅社交，一直都獨自坐在一角看著眾人玩樂，
直到 Tim 主動向她搭訕，然後兩人就偷偷離開派對，在外面的一
家餐廳吃晚飯。

　　Tim 是一個幽默風趣的男生。和他在一起，凱桐感到一種前
所未有的輕鬆寫意。他總是會想到一些有趣的笑話與玩意，讓凱
桐喜出望外。和他在一起的時候，真的覺得很快樂。漸漸她也
可以開始放下之前初戀的傷痛，全心全意地投入在這一段感情。

　　他總愛稱讚她的漂亮，以及感謝她的體貼細心。閒時，她
常常會幫他完成未做好的功課，偶爾也會到他的家裡替他打掃。
他是一個不注重整潔的男生，雖然他很懂得穿衣打扮，但家裡
的東西總是會隨處亂放，每星期也只會洗一次衣服。這與凱桐
自小家裡的培育有著很大落差。結果有一次凱桐看不過去，替
他將家裡的雜物分類整理好，為他清洗窗簾與床單。他就只是

一直坐在一旁，好整以暇地看著她打掃。到了晚上，他忽然不知從何處拿出了一大束玫瑰花送給她，結果讓她感動不已。

和 Tim 在一起，真的有很多難忘的回憶。只是讓凱桐最難忘的，卻是後來他瞞著她，與另一個女生發生了關係。

凱桐認識那個女生，知道對方是同樣來自香港、在同一間大學修讀另一個學科。Tim 與她是在一場派對裡認識的。又是派對。凱桐其實不是不知道，Tim 是一個很有異性緣的男生，在校內本身很受歡迎，只是課堂以外，他幾乎會將所有時間都放在凱桐身上，因此她從來都不會對他有半點不安或疑心。但是他就在凱桐聖誕節一個人回港度假時，瞞著自己與另一個人有染，而且還是其他同學不小心說溜了嘴，才讓她拆穿他的謊言。

知道真相後，雖然痛苦，但凱桐還是打了一通電話給 Tim，平靜地跟他提出分手。最初 Tim 反問她為什麼要輕率地提分手，只是當凱桐將她所知道的證據，一一都告訴他，最後他也不再辯解，就只是說自己真的已經與另一個女生在一起。這個時候，凱桐還是忍住了眼淚，沒有哭出來。她只是緩緩地向他交代，希望他可以將一些放在他家裡的衣服與日用品，託一個兩人都相熟的同學交還給她，還有，請他在之後的一段時間，不要再

聯絡自己。Tim 還是在電話裡苦苦哀求她的原諒,凱桐其實就只是想聽到一句真誠的對不起,但是始終沒有。最後她選擇單方面掛斷通話,之後都沒有再接聽他的來電,並封鎖了他的訊息對話。

後來的一個月,當她一個人的時候,偶爾會不自覺地流淚。但是她幾乎都沒有讓任何人發現。直到假期完結後,她獨自再回到倫敦,沒有人會來接機了,沒有那一個最愛的人,會在家裡迎接自己。最後她一個人躲在機場一角,痛哭了二十分鐘。她知道,最後還是只能夠依靠自己,去面對之後更漫長的難過。

I will see you again,
but not yet.

• • •

有一段時期,凱桐每晚入睡後,都會作惡夢。

最常作的惡夢,就是 Tim 與那個女生背著她在偷情。

在不同的場景,例如是他的家、她的床上、校園裡、課堂中、他們約會的時候、手機的暗號短訊、他那一件最近新買的衣服原來是那個女生送給他、原來他在很早以前就暗自將自己與那個女生做不同程度上的比較……最初,凱桐不知道如何逃

避，只能看著夢裡的自己又再一次被欺騙、被背叛。漸漸，她開始懂得「對抗」，每當夢到類似的套路或場景時，她就會告訴自己，這只是一場夢，一切都並不是真實的，一切一切，其實都已經過去了……但縱使如此，她一直睡得不好，每次醒來，臉上都是淚水。

而另一個比較常作的惡夢，就是回家。

回家，是回去香港的家。她很想家，但是不知道為何，在夢裡的自己，總會有一種想要逃避回去的感覺。每次她都會在家的樓下一直徘徊，或是終於走到家門前，但還是會忍不住立即逃走……凱桐不明白為何會有這種心理。或許是因為自己的內心認定，如果那時候她沒有回去香港度假，Tim 可能就不會背著自己偷情？她不知道。只知道每次作完這一個夢，她都會覺得，自己就像是一個做錯事的小孩，不值得讓人去關心、體諒、理解與支持。

每天，她都會努力如常地上課、與朋友聯誼、回家打掃自己的房間、煮晚飯、追劇、在網上與朋友或家人聊天。沒有人知道她作惡夢，沒有人會跟她談及過去戀情所帶來的傷痛與無助。再苦再痛，她漸漸會覺得，自己都可以學著去承受與適應，

由最初那天的不堪一擊，到現在她可以在人前假裝微笑，假裝不痛不癢。雖然有幾次，她在市集裡，遠遠看到 Tim 與其他女生走在一起，她還是會忍不住馬上轉身，像犯人一樣逃離現場。但是她知道，她會一點一點復原過來的，她就只是需要時間。

Ivan 是凱桐的第三個男朋友。在快要畢業的五個月前，有一次室友相約她去打網球，然後在球場裡認識同樣快要畢業的 Ivan。Ivan 不是一個健談的人，但在很多小事上，凱桐總能感受得到他的親切與體貼。例如每次打球時，他都會為大家準備一些零食。凱桐喜歡吃一個牌子的巧克力，Ivan 的背包一定會預留一份給她，但是他不會主動去問她是否需要，而是每次當她累了、感到有點餓了，他才會問大家要不要吃零食，然後將零食從背包裡取出來分給大家，每次凱桐拿到的，就是那個牌子的巧克力。

最初凱桐沒有留心到這一點細節。直到有一次打完球後，其他朋友因為不同原因都先離開了，只剩下她與 Ivan 兩人走在回家的路上，她才突然意會到，這一個男生對自己有著好感。她從來沒有想過，自己會喜歡 Ivan 這一類型的男生。他給人一種溫文的感覺，在球場上也有著好動的一面，只是平常相處時，他不像其他朋友般多話，他總是負責在一旁報以笑聲、偶爾才會

回上一兩句話助興，因此凱桐之前一直都不太了解他是一個怎樣的人，更不會聯想到他會喜歡自己這一類型的女生。

從那天開始，Ivan 偶爾會主動在短訊裡與她聊天，偶爾會約她一起晚飯，但是他從來都不會勉強她回應及出席。他一點一點的告訴她，平常課餘後會過著怎樣的生活，畢業後打算回去香港工作，假期時希望可以到哪些國家旅遊，還有他在香港與家人相處時的各種趣事。

有很多次，凱桐都會覺得 Ivan 跟自己都是同一類型的人，又甚至是，他會比她更懂得去關心與照顧別人的感受。和他在一起後不久，她就搬到他的家裡與他同居。他是一個喜愛整潔的人，家裡打掃得一塵不染，而且很懂得規劃，家裡的食材與日用品從來都不會有任何短缺，因此凱桐可以專心一意發揮她的烹調專長，每天回家後，她都會為他準備一頓豐盛的晚餐，而晚飯後，Ivan 都會主動去收拾與清洗餐具，讓她可以好好休息或去做其他事情。以前 Tim 從來都不會理會這些事情，每次飯後就只會顧著打電動。

畢業回港後，他們很快就找到工作，兩人也各自回到自己父母的家居住，沒有再同居。但因為兩人的家與工作地點相近，

他們經常都會見面約會。除了閒時一起去打網球，Ivan 也會陪凱桐看不同的藝術展覽，一同發掘新開的咖啡店，還有研究各種甜品食譜。和 Ivan 在一起，凱桐感到一種完全的信任與安心。他總是會照顧著她的感受與需要，為她計劃好一切，她從來不會對他有太多擔心或不安。半年後，他們已經見過雙方的家長，而且都相處得很好。凱桐的父親對 Ivan 的見識及穩重個性感到很滿意，每次 Ivan 到訪，他都會捉著 Ivan 談論各種話題，有時聊到深夜也不捨得放 Ivan 回家。

又過了一年，Ivan 在為凱桐慶祝生日時，突然向她求婚，凱桐感動地答應了。兩人與家人商量後，計劃在一年後的秋天舉行婚宴及正式註冊，之後他們也會搬離家裡，在一個新地方建立愛巢。於是，平常生活的節奏，漸漸變得比從前忙碌起來。除了工作與戀愛，婚禮、宴席、租屋、裝潢等各種重要而瑣碎的事情，都成為了兩人每日生活裡的重心。有很多事情都需要他們做出選擇與決定，Ivan 總會順著凱桐的意願，只是隨著兩人有越來越多的分歧、磨合、互相遷就、妥協的情況反覆出現，凱桐漸漸覺得，原來一直以來，兩人之間的想法與思考方式，其實有著很大程度的差距。她會希望做得更好，他會認為只要做到一定水準就好。她認為有些時候需要堅持，他覺得應該要顧及各方面的平衡。她想要一個簡單而隆重的婚禮，他答應兩

方的父母會邀請他們所有的親戚、朋友與同事出席。她相信直覺與好奇心，他相信經驗與傳統禮教。

其實她不是不知道，在這些年月的相處裡，Ivan 如何悉心地呵護自己，努力迎合自己的節奏與喜好，讓自己得到從未有過的快樂與幸福。不少朋友都會稱讚，Ivan 溫柔體貼、善解人意、成熟穩重、有上進心、不菸不酒、用情認真，是一個理想的戀愛甚至結婚對象，不可以輕易錯過。只是條件優越是一回事，兩人是否有著同一個願景、同一種追求，是另一回事。凱桐還是想知道，Ivan 其實有多了解她，而自己又有多了解他。其實他是不是真的喜歡她想要過的生活，甚至想要的幸福？而自己又是否真的可以配合得了，他想要的生活與未來？

她知道，這樣的想法像是有點吹毛求疵，因為所有人都說，他是一個條件如此吸引人的男性，自己實在不應該要求太多。但越是相處下去，婚期越是逼近，她越是會感到，與他漸漸地不再同步，還有隨之而來的無力感與孤單。她不知道可以與誰分享這些感受。家人都很期待他們成為夫婦，朋友每次見面都總會向她恭賀，然後問她佈置新居的事情。原本按計劃，他們會在結婚前三個月搬入新居，後來她還是找了一個籍口，繼續跟父母同住。Ivan 也察覺得到她的變化，對她倍加遷就及安撫，

只是每次見面，她都會感到沉重的壓力，讓她越來越想要逃避面對。

最後，在婚期前兩個月的一個早上，在凱桐接聽了 Ivan 的電話，聽到他仍然努力裝作如常地跟她說早安、分享這天將會做哪些事情，她終於鼓起勇氣，跟他說想要延後婚禮。最初他不願意，但她堅持，之後他接受了，他說他願意等。兩個月後，他說他會再重新追求她一次，她曾經期待過兩人是否真的可以回到從前。只是一個月後，他說他累了，真的，他已經再沒有心力去承受，更多的不解、失望、摩擦與無助。他會放棄，就還彼此一個自由，就讓彼此以後都不要再見。

凱桐在手機裡，靜靜聽著他的最後一個決定。她好想告訴他，在昨天晚上還努力思考，要如何讓他重拾笑顏，要如何配合他的節奏與步伐，給予他想要的幸福快樂，結果後來想到失眠。只是，她也累了。再說下去，或許就只會變成一場比較誰更疲累的競賽。最後凱桐默默地終止了通話，他也沒有再給她任何電話。

•　•　•

之後有一段時間，凱桐沒有與別人再談戀愛。

一個人也很好，可以想通很多事情。

她嘗試學習與自己獨處，比從前更加了解自己的喜好與厭惡。過去的生活，自己的重心都是放在另一個人身上，雖然會有快樂的時候，但是怎樣的快樂才是真的適合自己，她從來沒有認真思考過。她以為，只要找到一個會疼自己的人，就是最大的幸福。

但原來不然。

後來聽其他朋友不小心提起，Ivan 最近開始與其他女生約會。最初聽到的時候，凱桐心裡還是立即感到一陣心痛，但下一秒鐘她又想，他已經是一個完全陌生的人了，以前就算累積過多少回憶、有過多少快樂，來到這天也只不過可以用來反證，這一個人與自己的分歧是有多麼遼闊，是有多不可能再一起重新開始。沒有他，她的世界還是會無情地繼續運轉。沒有她，他的人生還是會終有天獲得幸福。

那再不忿，或再糾纏，又有何意思。

自從決定取消婚期，凱桐的父親就不曾理睬過她。父母都不明白，為什麼他們最後會決定分手。凱桐有嘗試過解釋，但他們都認定她任意妄為。漸漸，她下班後越來越少回去家裡，很多時候，她會一個人在「新居」裡發呆。

　　雖然她與 Ivan 決定分手，但新居的裝潢與家具基本上都已經完成備妥。原本兩人都出了一半錢，但後來凱桐將 Ivan 的那一半錢歸還給他，然後她一個人繼續承租新居。每天晚上，她都會為自己煮一頓簡單的晚飯，開著電腦，看看影片或劇集，喝一點點酒，讓自己可以入睡。第二天醒來，就將昨晚吃不完的飯菜處理好，清洗碗碟，然後更衣化妝，準時去上班。每日如是。直到後來 Carmen 搬進了這個家。

　　凱桐是在一個工作場合裡認識 Carmen。那時候凱桐要負責公司的一個廣告宣傳項目，而 Carmen 則是那一個項目的廣告公司美術指導。兩人認識後不久，Carmen 就找到了凱桐的 IG，兩人都加了對方做朋友。凱桐發現，Carmen 常常會在 IG 裡分享各種插畫與素描，有人物的，也有一些不同的城市風貌。她的筆觸總是輕描淡寫的，寥寥幾筆，卻能夠捕捉勾畫出事物的特點，讓人印象深刻。

小時候凱桐也有學過素描，她也喜歡一個人對著畫紙自由描繪時的那種感覺。只是後來課業繁忙，家人也為她安排了學習鋼琴，於是只得放棄每星期的素描學習，漸漸變成偶爾餘閒時的一點自娛。只是以前累積下來的技巧與經驗，讓她知道 Carmen 的作品並不平凡，內裡總是透著一點點寂寥的感覺，但又會讓人覺得，事情理應如此。後來有一次遇到，凱桐微笑問她為什麼會畫那些插畫。Carmen 卻像是有點意外，然後回答她，有時內心會湧現一些情緒，但是自己卻無法好好說清楚，於是就會以線條與色彩將它記錄下來，只是她自己從來都沒有定義過那些是畫作，她上傳到 IG 也只是想給自己留一個紀錄而已。

　　從那天開始，兩人偶爾會在手機短訊裡，分享各種想法與體會。例如一些未曾對人分享過的兒時經歷，例如從前戀愛時曾經試過完全失蹤一整天的原因，例如為了滿足家人的期望而有過的努力、犧牲與委屈，例如對不同社會現象的反思、批判與妥協。凱桐以前很少向人深入地討論與分享這些想法與感受，她本身並不是沒有談得來的朋友，也不是沒有試過跟親友與另一半促膝長談，只是 Carmen 總能夠一語道破她內心的無奈與難過。她很懂她，總是可以在小事情的處理上，讓凱桐覺得一切的發展都是理應如此、恰如其分。若是有大事情發生，Carmen 所表現的靈活多變、巧思明辨的態度與氣魄，也成為凱桐的學

習與依靠對象。她體會到，原來在最無助的時候，事情還可以有著更多的可能、面貌、發展與轉機，就只看自己是否敢於離開那個安逸的舒適區，敢於對自己坦誠去直觀面對而已。

Carmen 是一個有品味、知性的人，很多事情都有她自己一套的美學與價值觀，凱桐總可以在她身上，找到一些以前沒有思考過的意念與想法，然後對比出自身的某些不足與墨守成規。她很喜歡與她相處時的感覺，休假時，Carmen 會駕車載她四處去兜風，尋找一些新開業的外國餐廳，或是到西環的碼頭空地一起喝酒聊天。後來 Carmen 租的地方，屋主打算賣掉不再續租，於是凱桐主動邀請 Carmen 兩人合租她現在所住的單位。那段日子，是她人生中感覺最閒適愜意的時光。她不再需要藉著酒精來幫助自己入睡。她不再需要假裝自己可以回復平常。她不再感到孤單，因為她找到一個真正懂她、也願意一直陪伴她前進或後退的人。即使同時間，她與家人的關係也漸漸變差，彼此都無法再從對方的角度去思考、表達最純粹的關心與溫柔。

凱桐知道，Carmen 是喜歡自己的。偶爾她會對凱桐表現出強烈的佔有欲，希望她會完全融入自己生活的節奏與世界。但凱桐並不抗拒。她陪她去了好多她想去的地方旅行。以前與別人去旅行時，凱桐總是要負責籌劃好所有的行程，一切都會按

她的行程表來進行，既緊密，也充滿壓力。現在她與 Carmen 會輪流決定明天的行程，輪流擔任司機載對方到想去的地方，欣賞不同城市的風貌與建築物，在小店外的長椅坐二十分鐘時間，去靜靜感受與觀察當地人的生活和表情。凱桐感到一種前所未有的寫意，而更幸運的是，她知道身邊人也跟自己有著一樣的感覺與默契。如果可以，她真的希望這些日子可以一直維持下去，甚至到老白頭。

一年後，Carmen 決定搬離這個家。原因是她們彼此之間始終存在著一些無法改變的矛盾與傷痛。她喜歡她，她知道她也喜歡自己，但是她始終無法相信，凱桐以後不會再喜歡其他異性，她不可能為了自己而完全無視家人以至世俗的目光與支配。另一方面，凱桐很想一直繼續陪在她的身邊，只是她已經承受過太多次，Carmen 被自己的不安支配時所表現出來的幼稚反差與蠻不講理。她真的了解她，因此也更容易被對方一時任性的言語與行為刺傷自己。在最後相處的那段日子，她們都感到一種前所未有的困倦與不安，彼此都會害怕對方明天會變得更陌生，都會盼望可以再回到從前那段心意相通的快樂時光，然後在下一秒鐘，又會為如今的極大反差感到無力與沮喪。

Carmen 離開後，凱桐感到自己的內心像是缺了一塊。以前

她從來沒有過這種感覺。她知道自己不會再是從前的自己。她已經帶走了自己人生裡很重要的一部分。只是她未必會了解到這一個事實。她本應是這個世界裡最了解她的人。但如今她不想再向她解釋，不想再告訴她知道這個答案。

· · ·

後來，凱桐每星期都會回去爸媽的家數次，與他們一起吃晚飯。

最初是母親主動邀請的。原本凱桐以為，當自己回家後，父親一定會像之前一樣，不跟她說話，還要一直給她臉色。但是沒有。整場晚飯，父親就只是溫暖的微笑著，沒有過問這一年來她與誰人在同居，也沒有再埋怨她如何讓大好婚事告吹。

他聽說凱桐最近養了一隻淺灰色的小貓，名叫灰灰，他表現得一副很想親眼看到牠的模樣，這與凱桐小時候一直以來所認知的不一樣。從小學開始，她就好想在家裡養貓，但是父親總是不允許，不是說他不喜歡貓毛，就是嫌小動物會弄髒家裡。後來吃完晚飯，父親去了沐浴，母親輕聲跟她說，父親遲些要做一個小手術，風險不大的，只是最近畢竟年齡大了，身體狀

況已經不比從前。

　　之後有一次，凱桐帶了灰灰回去一起晚飯。父親一臉愛憐疼惜，猶如一位慈祥祖父看到可愛頑皮孫兒一樣。她默默地看著父親，再看看坐在他身旁、溫柔凝視著他的母親。這個畫面從小以來，她就已經看到過無數遍，只是來到這天，她忽然感到，原來自己是有多想融入這一個幸福的瞬間，一直都好想讓他們真正認同自己、成為他們會由衷地感到驕傲及疼惜的女兒。然後她努力嘗試過，也迷失過，然後，不知不覺來到了這一天。她很想問他們，自己有達成他們心坎裡的期望嗎？自己這些日子裡的自私與任性，有沒有讓他們感到受傷……但是她始終無法說出口。

　　有天，父親和她抱著灰灰，一起到公園散步。忽然父親對她說，下次就帶你的朋友回家，和我們一起吃晚飯吧。她有點愣住，想問父親話裡的「朋友」是誰，但當她與父親的目光對接上，那一刻她就明白，他所指的朋友應該就是 Carmen。她輕輕苦笑一下，但還是努力向父親點一點頭當作回應。

　　夜深，她回到家裡，為灰灰準備好食物，然後坐在書桌前，打開電腦螢幕，默默看著 Carmen 的 IG 出神。她最近已經沒有再

上傳素描作品，上一次的更新，是她牽著另一雙手，在英國南部的白堊海岸前愉快地合照。這本來是凱桐提議，下一次要與她一同前往遊覽的地方。但是凱桐知道，自己以後都不會再去這一個地方。

以後都會記得這一個，不可能再一起完成的約定。

I will see you again,
but not yet.

漸漸，我們都變得越來越習慣，
一個人生活，一個人過著自我隔離的日子。

雖然我們都知道，
事情總有天會漸漸變好，
只是我們也會漸漸走遠……
就算哪天可以擦身而過，我們也不會再認得彼此。

07

/

隔離

2022 年 1 月，香港爆發 Omicron 疫情。

　　每日新增的確診人數，由最初一直徘徊於雙位數，隨著傳播鏈不斷增加，到 2 月初已飆升至每日三位數，甚至有邁向四位數的趨勢，超越過去香港任何一波疫情。政府繼續採取「早隔離，早預防，早治療」的防疫政策，確診者及其密切接觸者，均需要被送去「竹篙灣檢疫中心」接受隔離治療或觀察。

　　過去兩年，皓雯一直都有嚴守防疫措施，戴口罩，勤洗手，不去人多的地方，盡量減少外出用膳，最近甚至一直在家工作。但不知為何，在一次她所住大廈的強制檢測裡，她還是被驗到感染了病毒。

　　在知道結果後，衛生署的職員不久便上門通知皓雯，要她準備收拾行李去竹篙灣隔離。她聽過很多關於在竹篙灣隔離的傳聞，裡面的基本設施尚算齊全，只是飲食方面聽說並不太好，若是需要藥物也未必可以即時提供。雖然皓雯正在發燒，但還是努力打起精神匆匆整理行李，怕自己會錯過出發去竹篙灣的旅行車。只是想不到，當她整理完了，等了差不多五個多小時，已經接近夜深，衛生署職員才又再上門喚她出發。

她吃力地提著行李下樓，只見街上有十幾個人也是攜著行李，正在旅行車前等待著。雖然皓雯感到很累，但還是嘗試細看這些戴著口罩的住客，看看有沒有自己熟悉的鄰居。結果是沒有。等了一會，有一名職員拿著一叠文件，逐一跟他們核對名字與身分證號碼，然後就喚他們上車出發。皓雯獨自坐在旅行車的後排，其他乘客都各自分散坐開，彷彿不想與他人有半點接觸。這時皓雯已經再沒有任何心力，頭倚著玻璃窗，時而迷糊睡著，時而因為車廂震動而稍稍睜開眼睛。

　　大約過了三十分鐘，皓雯望出車窗，看到一排排的雙層組裝鐵皮屋，知道車子已經到了竹篙灣。只是旅行車在一處空地停定後，他們還是等了二十分鐘，才可以下車。皓雯取過了自己的行李，竹篙灣有兩名職員再次為他們核對名字及身分證號碼，然後逐一帶他們入住鐵皮屋。皓雯是最後一個下車，排在隊列的最後，終於等到職員將前面的住客都送走了，她提起行李，準備隨職員的指示移步時，想不到職員們卻站在一旁商討了好一會，五分鐘後才過來跟她說，整個竹篙灣暫時沒有空房，她會被安排到其他地方隔離。

　　「那會到什麼地方？」皓雯有氣沒力地問。

「暫時還不知道，但我們會盡快安排交通工具送你離開。」
職員們的聲音也透著無奈。

皓雯沒有再問，不是她不想問，只是她已經累得筋疲力竭。
她坐在自己的行李上，職員們也沒再理會她，逕自去忙自己的
工作。又過了十五分鐘，有另一名職員過來喚她，可以乘另一
輛旅行車離開。於是她拖著行李，隨職員走到另一處空地，只
見旅行車前面已站著五、六個人，同樣都是帶著行李。

皓雯最初不以為意，想不到那群人當中，忽然有一個男人
指著她，大聲問職員：「喂，她是確診者嗎？」

一時之間，皓雯不能意會那一句話的意思。但下一秒鐘，
那個男人身邊的人都紛紛鼓譟起來，跟職員投訴：「你要我們
這些密切接觸者，跟那個確診者乘同一輛車嗎？」

原來如此。這些人只是密切接觸者。

職員像是有點為難，但仍然嘗試協調：「因為暫時沒有其
他旅行車，所以唯有如此安排……」

「那如果我們跟她乘坐同一輛車，受到感染的話，誰來負責啊？」最初鼓譟的男人追問。

職員一時之間不懂得如何回答，皓雯心裡嘆氣，吃力地向職員說：「我也認為不應該跟他們同車……請你再安排另一輛旅行車。」

職員看看皓雯，又看看男人，然後再看看手上的文件，最後嘆一口氣，向那群人說：「那……因為是這位確診病人先來到竹篙灣的，按指引，我們要讓她先上車離開，你們願意再等下一輛車嗎？只是可能還要等一段時間……」

「我們等！」男人果斷地說，其他人也紛紛點頭。

皓雯心裡苦笑，雖然她也覺得應該如此安排，但自己像是已經變成了那些喪屍電影裡的潛在帶病毒者，彷彿自己會隨時發作咬人，生人勿近。職員示意皓雯可以上車，她安放好行李後，看著空蕩蕩的車廂，只剩下自己一個人，倍感孤單。她忽然有一種想哭的感覺。

一直以來，她不是不習慣孤單。大學畢業後，她逃離那個

一直困住自己的家，逃離那些始終不會了解自己的家人，嘗試一個人獨居，一個人生活。她以為，之後應該可以找到自小嚮往的自由與快樂。但開始獨居後，現實有更多的考驗等著她去面對與挑戰。工作、財富、人際關係、戀愛、生活環境、前途等等，她有努力經營過，但是始終都不盡如人意。偶爾她會感到，對這一切都無能為力，也沒有人會想要關注自己，沒有人可以傾訴。

就好像，她確診了，也沒有一個特別想要告訴的人、可以去告訴的親友。她在臉書分享自己確診的消息，有很多人留言「Take care」給她，但半天過去，她沒有收到任何訊息與電話問候。一個人也很好，但她一直以來的理想，是希望可以找到一個真的可以互相理解的同伴。偶爾她會想，自己是不是不值得擁有別人的關心，是不是不適合去愛另一個人。她有嘗試過，談過兩次戀愛，但最後都是無疾而終。她也有努力去投入社交圈子，但總是遇不到價值觀相近、可以放下面具去聊天的朋友。她覺得，要勇敢去跟另一個人交心，要完整地了解對方的心意，真的很難很難，尤其在這兩年的疫情裡，彼此都有太多理由或藉口，選擇不面對，選擇不再見。

然後，就在皓雯如此胡思亂想間，忽然有一個人乘上了旅

行車。

　　那是一個戴著黑白色棒球帽、淺藍色醫療口罩的男人，皓雯認得他是剛才那群密切接觸者的其中一人。她最初以為自己是認錯人了，但當她看出車窗外，見到那群密切接觸者看著自己身處的車廂，充滿錯愕的目光。她知道自己沒有認錯。

　　棒球帽男人揹著一個很大很大的藍色背包，因為他戴著口罩，皓雯無法看到他的表情，但她還是從他的神態中感到一種與眾不同的感覺。他走進車廂後，隨意地看了坐在中排的皓雯一眼，之後就在她前排的一個位置坐了下來。皓雯第一時間就想，他不怕自己有病毒嗎？但就在這時候，車子啟動了，不一會便離開了竹篙灣。

　　「請問……」過了一會，皓雯還是鼓起勇氣開口。

　　棒球帽男人轉過頭來，沒有作聲，只是用疲倦的眼神看著她。

　　「我需要坐後一點嗎？」皓雯緊張地問下去。

「為什麼啊？」棒球帽男人不解反問，但語氣卻意外的溫和。

「因為⋯⋯」皓雯一時之間像是想不到合適用詞，最後說：「我是確診者。」

男人聞言，像是笑了一下，然後搖搖頭，說：「你好，我是密切接觸者。」

「你不怕被我的病毒感染嗎？」皓雯好奇問。

「你的病毒？」男人的目光透著一點捉弄意味，說：「你的病毒是與眾不同的嗎？」

皓雯有點哭笑不得，說：「我中了 Omicron 啊。」

「我知道，我的朋友也中了 Omicron，所以我現在才會坐在這裡。」男人溫和地說。

「你有做過檢測嗎，你⋯⋯應該是陰性吧？」

「嗯，陰性。」

「那就是你沒有受病毒感染啊。」

「也可能已經受感染，只是還未驗到呢？」男人輕輕嘆氣。

「但那樣始終是不同的吧……」

「好了好了，你不要太緊張。」男人轉過身，嘗試安撫皓雯。「就算中了病毒，大部分人最後也會康復過來。」

「你……不怕死嗎？」皓雯苦笑。

「你知道嗎，Omicron 的致死率大約 0.3%，就跟流感差不多。如果真的因此而病死，那我也無話可說。」

「那……你不怕自己感染後，會傳染其他人嗎？」

「其實啊……我們做任何事情，說每一句話，每一個意念，都一樣有機會感染別人，都一樣會帶來不一樣的後果，有好的後果，有壞的後果……這些後果，你都打算一一負責嗎？」

皓雯不知如何回答。

「沒有人想生病，想傳染別人，但你也是在生病的人，你是應該要得到其他人的照顧與體諒……其實你不必讓自己背負更多責任與內疚。」

聽見棒球帽男人這一番話，皓雯忍不住微微哭了起來。男人將目光放回車窗外，過了一會，他向她遞上了一包紙巾。

皓雯道謝接過，忍不住又問：「但你其實沒有必要冒著風險，坐上這一輛車啊……你可以等下一班。」

「但你不知道要等到什麼時候啊！」男人沒好氣地說，「再這樣在寒風中多等一兩個小時，原本沒有病也會變感冒了！而且……」

「嗯？」

「我想早一點離開，早一點回去。」

「回去哪裡？」

「我想回家。」

男人緩緩地說，然後又將目光放回車窗外。皓雯察覺到他的語氣變化，感到不應該再細問下去，於是只好默默用他的紙巾抹掉淚水。

二十分鐘後，旅行車駛到了一間酒店前。想不到無法入住檢疫中心，自己竟然可以「升級」入住酒店。酒店前有職員立即為他們安排入住手續，因為這輛車就只有他們兩位乘客，結果他們就被安排住在同一層相鄰的、走廊最盡頭的兩個房間。

「我可以要這間房嗎？」棒球帽男人問，然後指向最盡頭的房間。

職員說好，棒球帽男人於是逕自走進房間。皓雯也拖著行李進去自己的房間，忽然想，他是擔心自己害怕住在「尾房」嗎？每間酒店的「尾房」總是有著各種傳說。在關上房門之前，職員一再叮囑，他們不能隨便離開房間。每天會定時有人安排膳食放在門外，若有什麼查詢或需要，可以用房間內的電話聯絡櫃檯。他們要被隔離十四天，如果到時檢測不到病毒的話，就可以離開。

關上房門後，皓雯實在太累，倒在床上後不一會就已經睡去。

第二天早上，她是被自己的咳嗽弄醒的。比起昨天，她感到喉嚨變得更炙熱刺痛，有如刀割一樣。她打開行李，用體溫計探熱，還有一點發燒。她找到存放藥物的袋子，然後她才發現，自己竟然忘記帶喉糖。最後只好吃了兩顆止痛藥，希望可以紓解喉痛和頭痛。

可是她還是咳個不停。

下午吃過飯後，她實在無法忍受不停咳嗽所帶來的困擾，於是打電話到前檯詢問有沒有喉糖提供，想不到職員說要等衛生署安排。結果那天晚上，因為喉痛與咳嗽，她幾乎無法好好入眠。再加上病毒帶來的其他痛苦症狀，有一刻她覺得，自己是不是會突然就此死去，然後最後也不會有任何人發現自己。

又過了一天，喉痛的程度不降反增，止痛藥像是沒有半點效用。皓雯再次致電職員，職員還是說衛生署未有特別安排。正當她感到心灰意冷，她忽然聽到，門外傳來了兩下輕輕的敲門聲。最初她以為自己聽錯了，但過了兩秒鐘，敲門聲又再響

起，然後她又聽到腳步走遠的聲音。

　　她走到門前，確認再沒有任何聲音，打開房門，只見門外平時職員用來放置飯盒的椅子上，多了一盒喉糖及一瓶枇杷膏，另外下面還放了一張紙條。皓雯如獲至寶，取過後立即關上房門，只見紙條上寫著：「喉嚨痛的時候，可以吃點喉糖。如果之後喉痛漸消，沒有喉痰，也可以吃一點枇杷膏幫助潤喉。」

　　看字跡，應該是一個男性的手筆，是隔壁的棒球帽男人嗎？皓雯忽然有點後悔，之前沒有問過他的名字。她打開喉糖放在口裡，不一會已覺得喉嚨沒有那麼痛楚，咳嗽也開始減少了，可以放鬆心情入睡，甚至還作了一個夢。

　　在夢裡，她一個人走在空無一人的銅鑼灣，天已黑了，就只有無數盞街燈伴著自己。她不知道自己要往哪裡去，也不急著要去什麼地方，只是一直走一直走，她耳裡都會聽到一首很熟悉的曲子。她確定自己有聽過這一首歌，是一男一女合唱，只是在夢裡她想不起歌曲與歌手的名字。以前她沒有特別留意這首歌，可是如今，在這個夢裡，簡約的旋律，再配上歌手輕柔的聲線，雖然始終聽不清楚歌詞的內容，但這首歌卻一點一點治癒了她內心的孤單。

只是當夢醒過來，皓雯彷彿仍然可以聽到歌曲的聲音。隱隱約約的，然後她才發現，原來歌聲是從隔壁的「尾房」傳來。從那天開始，偶爾皓雯都會聽到隔鄰不斷重播這一首歌。她一直想記起歌曲的名字，但因為聲音太輕，再加上曲子應該是用國語演唱，她無法在網路上搜尋到正確的曲名。但聽著這首歌入睡，漸漸成為了她的習慣。

　　漸漸，由最初自己被告知確診的緊張與徬徨，由兩年來每天每夜都會擔心自己哪天會被感染而累積而來的困頓鬱悶，隨著病情漸趨好轉，不適症狀開始消退，皓雯忽然感到一種前所未有的閒適與輕鬆。

I will see you again,
but not yet.

　　雖然自己仍然被隔離在這個酒店房間裡，但她知道，一切總會一點一點好起來。並不是只有自己一個人正在面對這種苦況，至少還有那一首沒名字的歌，至少隔鄰的房間，還有另一個人默默陪伴自己。

　　她暗下決心，當隔離期結束，到時自己一定要親自詢問隔壁的棒球帽男人，那首歌的曲名，還有他的名字。

　　只是，從隔離期的第十一天開始，皓雯沒有再聽到隔壁播

放這一首歌。

後來當皓雯完成隔離，體內再沒有檢測到病毒，可以離開酒店時，她特意到櫃檯詢問，之前住在她隔壁的房客，是不是也完成了檢疫，會在同一天離開酒店。

但職員告訴皓雯，因為政府最近突然修改隔離政策，希望更快騰出房間讓其他有需要的患者入住，因此身為密切接觸者的棒球帽男人，在三天前提早完成了隔離程序，並立即退房離去了。

還想親口道謝，想探問他的名字，但一切都已經太遲。

●　　●　　●

後來，皓雯回到平常的生活。只是世界已經變得不再如常。

踏入三月份，每日的新增確診，由四位數暴升到五位數。街上變得更加冷清，很多食店與商鋪都選擇關門避疫，超市滿是搶購日常物資的人龍。皓雯的公司本來還採取在家工作的政策，可是公司不同部門也越來越多人染病，最後老闆決定公司

暫休兩個星期，直到另行通知。

　　每天晚上，飯後皓雯都會一個人走到不同社區的街道上，細看這個城市的面貌與轉變，或是用手機拍下一些照片。過去兩年，她從來沒有試過在城市遊走，因為下意識總是會擔心被病毒感染，總是會想避開人多的地方。但現在，她已經覺得沒有什麼再值得害怕了。

　　然後，她才發現，這一個城市，在過去的兩年裡，原來有著很多不同的轉變。

　　從前那間自己喜歡的小吃店，招牌已經變成一間雜貨店，並且閘門貼上「結束營業」的告示。

　　那一排以前去海邊時會經過的舊廈唐樓，都早已被圍封拆除，正等待建築新的住宅商廈。雖然景觀暫時變得開闊了，但是已經再沒有半點熟悉的回憶。

　　海濱有一條新建的長廊，沿途滿是燈光點綴照明，但裡面禁止溜滑板，也不准寵物前往，她記得以前有一群滑板愛好者喜歡在海邊切磋技術，偶爾也有一群狗主在這裡讓寵物一起嬉戲。

走到碼頭，航班因為疫情影響、人手不足而暫停。碼頭旁邊的休憩空地正在重建，預計這裡最後會變成一個新的交通樞紐中心，皓雯猜想，眼前的這一片海，應該都會被逐點逐點填平吧，也不可能再享受到怡人的海風。

　　每次皓雯發現到這些轉變，心裡都會感到意外與可惜，但同時間又會有一道聲音告訴自己，其實，我們都早已預料得到這一個結局。其實我們都心知肚明。只是想不到，這些轉變會來得如此快，如此無聲無息而已。

　　然後有一晚，她乘車去了銅鑼灣散步。

　　相較其他地區，銅鑼灣的人流還是比較多，只是已經不再是往昔的人來人往。雖然四周依然佈滿明亮的螢幕廣告與霓虹夜燈，但她很少聽見行人的談笑聲，也很少看到百德新街的愛侶，彷彿大家已經失去了微笑的本能，也無法再尋回站在大丸前的那種顧盼自豪。

　　她忽然想起，自己生病時曾經作過的那一個夢，那一個獨自在冰冷的銅鑼灣，漫無目的地遊走的夢。她忽然很想念，那一首不知道名字的歌，還有那一個不知道名字的人。不知道他

現在忙著什麼？不知道他後來有沒有趕得及回家，見到那一個他最在乎重視的誰⋯⋯

想到這裡，皓雯低下頭來，暗笑自己的多愁善感。

然後，交通燈轉綠了，她提起腳步，繼續漫無目的地往前走。

同一時間，在馬路的另一方，一個棕色短髮、戴著黑色立體口罩的男生，他一邊低頭看著手機，在短訊裡回答外婆自己正在回家，一邊與皓雯擦身而過。

男生的耳機，依然重複播放著那一首，台灣組合「南西肯恩」的〈練習一個人生活〉。

那是他最愛的一首歌。

以後，也會是她永遠都不會忘懷的歌。

217

I will see you again,
but not yet.

「明天見」，

還記得自己對上一次說這一句話，

是在什麼時候嗎？


但願明天，我們還是能笑著再見。

08
/
明天見

「嘿。」

「嗯。」

「有空嗎？」

「現在……還好。」

「哦……想問一下，明天你有空嗎？」

I will see you again,
but not yet.

「明天？」

「嗯，明天……明天早上，或中午……正確點說，應該是
日間時段。」

「有什麼事嗎？」

「沒什麼……其實只是突然想起，我們……很久沒見了，
所以……想約你見一面。」

「唔……」

「明天你要上班嗎？還是要 work from home ？」

「不用上班。」

「我也是呢，最近疫情，公司基本上是半停工狀態。」

「嗯。」

「那你需要在家被隔離嗎？」

「也不用。」

「那太好了……」

「明天你想約幾點鐘？」

「中午十二點鐘……我們約在尖沙咀碼頭等，好嗎？」

「應該可以的。」

「太好了……那麼，我們明天見。」

「嗯。」

• • •

掛線後，家軒忽然想起，自己有多少年沒有對欣儀說過，「明天見」這三個字。

從前，兩人最初在一起的時候，每次約會後送她回家，在家門前，欣儀總會一臉依依不捨，像是不想讓自己離開，像是不想就這樣回家。每一次最後臨別前，家軒都一定會跟她說「明天見」，即使明天還需要工作、有多忙碌，即使那一個星期，他們已經幾乎每天都會見面，但只要說了「明天見」，就彷彿是一個約定，也彷彿是一句可以消除她內心不安的魔法。然後，等到明天真的可以見面時，約定成真了，可以一起慶賀感恩這一份幸運，感謝自己有好好留住這一個人⋯⋯

是從什麼時候開始，自己不再記得這種心情？家軒看著手機，茫然苦笑。自從分手後，已經有接近三年，沒有和欣儀見面，甚至聯絡。這天心血來潮，鼓起勇氣致電給她，想不到她竟然會輕易答應自己的邀約。

他告訴自己，這一點難得的運氣，實在不容再有半點錯失。有些事情，過去了就無法再追，自己以前不小心錯過了她，但現在他有信心，自己一定可以再重新追回她，只要自己願意踏前一步，只要她願意和自己繼續交往。他躺在床上，重新細想一遍明天的行程，然後想起她的笑顏、她喜出望外時的目光與表情。最後他又輕輕搖頭，告訴自己何必幻想太多、期待太多。

至少，明天終於可以見面了，這樣就已經足夠值得自己慶幸。

「等了很久嗎？」

第二天，家軒準時來到尖沙咀碼頭，就已經見到欣儀拿著手機等候。

欣儀放下手機，看著他微微搖頭，回道：「我也只是剛到而已。」

三年不見，家軒最初有點不認得欣儀，因為她的衣著裝扮，

給他一種更成熟時尚的感覺。

　　這日天氣不太冷，她穿著一襲薄身的杏色外套，裡面配以一件碎花雪紡襯衣、棕色短裙，一雙時髦的高跟鞋，左手挽著一個別致輕巧的黑色包包。

　　雖然這天她戴了黑色口罩，此刻無法看到她的容貌，但他留意得到，她的雙眼也是經過精心打扮。他記得以前和她約會時，她甚少穿裙子，通常都是牛仔褲配球鞋，也不會特別施脂粉化妝。那時候，他喜歡她這種簡約隨性的態度，每次出門也不需要花太多時間，她從來都不會遲到。

　　只是後來，兩人大學畢業後，開始踏入社會工作，平常見面，她就很少再穿牛仔褲與球鞋應約，偶爾也會塗口紅或唇彩。而他卻依然維持著一貫的恤衫、牛仔褲、球鞋的打扮，多年來也一直沒變，直到今天也是如此。

　　「好久不見了。」家軒說。

　　「嗯。」欣儀輕聲回應，又問：「你近來好嗎？」

「唔……也說不上好或不好，還沒有被 Omicron 感染，公司還沒有裁員，在這種時候，或許已經值得慶幸？」

欣儀點一點頭。

「你會覺得餓嗎？你……還沒吃午飯吧？」

「還沒。」

「那我們走吧，我們找一家餐廳坐下來，邊吃邊聊。」

「好。」

聽見欣儀說好，家軒心裡略感安定，因為他覺得，今天的她不太多話，對自己像是有一點戒心。

他領著欣儀，走到附近的一個商場，按照他昨晚細想的計劃，他會帶她到他們第一次約會時的西餐廳用午飯，然後他會點她喜歡的食物，還有她最愛的 Tiramisu。

從前每次吵架或冷戰，他都會帶她到那間餐廳，因為那是

他們兩人所定下的休戰區，不論有誰不對，都不可以在那裡爭吵，都要好好地珍惜還留在身邊的對方。他希望讓她知道他並沒有忘記她的喜好，也希望讓她重新想起往昔的快樂回憶。

　　因為避疫，這天商場的人流疏落，沿路兩人沒有說話，沉默的氣氛讓家軒逐漸感到壓力。終於來到西餐廳的鋪位，但想不到，西餐廳不知在什麼時候已經轉手了，如今變成了一間川菜館，而且因為疫情關係，大門外貼了一張暫停營業的告示。

　　家軒呆呆地看著通告，一時間說不出話來。欣儀輕聲問：「你原本想到這裡用餐嗎？」

　　家軒輕輕地「嗯」了一聲。

　　「這裡一年前變成了川菜館，我跟同事來過一次，當時記得味道還不錯。」欣儀續說。

　　「我都不知道……原來這裡變成了川菜館。」家軒苦笑。

　　「嗯……那我們去第二家吧，我猜附近應該還有餐廳仍有開門。」

家軒只能說好，然後一邊走一邊用手機搜尋，想看看附近還有哪些風評不錯的餐廳。只是欣儀反而領他走到商場的另一方，最後兩人來到一間以漢堡作為主菜的餐廳。

　　「你想到這裡用餐嗎？」家軒有點意外。

　　欣儀點點頭，跟門前的侍應說想入內用餐，侍應為他們量完體溫後，就領他們進入餐廳內。

　　家軒第一次來這間餐廳，只見內裡甚為寬敞，但沒有任何食客，予人一種寂寥的感覺。最後他們在角落的一張方桌坐下，旁邊有一道落地玻璃，可以看到維多利亞港景色。

　　「怎麼了？」欣儀向他遞上菜單。

　　「沒什麼……只是想不到你會選漢堡店。」家軒搔搔頭。

　　「我喜歡吃漢堡啊。」

　　「但以前不曾見你提起……」

「我只是不喜歡吃麥當勞的漢堡而已。」欣儀莞爾。

家軒低頭看著菜單，回想以前和她在一起的時候，每次當自己提議去麥當勞用餐時，她的表情都總是會勉為其難。

他記得她喜歡吃麥當勞的炸薯條，但漢堡總是不會好好吃完。一直以來，他以為她不喜歡吃漢堡，所以之後也很少再和她去麥當勞，直到如今才知道，原來她只是不喜歡吃麥當勞的漢堡。

向侍應點餐後，欣儀除下口罩，家軒不由得心神一盪，她彷彿比以前變得更加漂亮了。他也跟著除下口罩，欣儀忽然苦笑：「不知道我們要這樣戴著口罩戴到何時呢？」

「唉，我也不知道。」

「如果在街上遇到好久不見的舊朋友，想打招呼，但是也不能將口罩脫下，否則就是犯法……除非好像現在這樣，要找一間餐廳坐下來用餐，這樣才可以除罩相見。」

「因為除下口罩，會有機會傳染病毒嘛。」

「其實做什麼事情，都會有相應的風險呢。在街上除下口罩，會有風險，那麼我們現在面對面談話，又有沒有風險？」欣儀輕輕嘆息一下，又說：「這兩年來，實在見到很多朋友，因為防疫，因為不安，結果放棄了自己的理想，甚至忘記了最初原本想要做到的事情。」

　　「你呢，你有放棄了一些什麼嗎？」家軒問。

　　「我嗎……」欣儀又嘆一口氣，微微笑說：「我已經放棄再問了。」

　　家軒一時間不能明白，她說的放棄再問是什麼意思。這時侍應送上了食物，欣儀像是很興奮，對他笑說：「已經很久沒有吃過漢堡了。」

　　「為什麼很久沒吃呢？怕外出用餐嗎？」

　　欣儀搖搖頭，咬了一口漢堡後，才說：「最近比較忙。」

　　「忙什麼啊？」

但是欣儀卻沒有回答，就只是專心地咬著自己的漢堡，一臉滿足。家軒見狀，於是也拿起自己的漢堡咬了一口，豐盈的肉汁瞬即佔據整個口腔，他已經很久沒有嚐過這樣的美味。

過了一會，欣儀忽然問：「對了，為什麼……」

「嗯？」

「為什麼今天你會突然約我出來？」

「唔……」突然被她這樣直接詢問，家軒不知道應該如何措詞。

「你要結婚了嗎？」她的目光透著捉弄。

「不，當然不是！」他連忙否認，又補充：「我現在沒有女朋友！」

「哦……」

然後，欣儀沒有說話了。但這樣反而讓家軒心裡更感慌亂。

他開始後悔，剛才為什麼要如此刻意地說明自己沒有女朋友。

「那麼……」

「嗯？」

「你突然主動約我這一位前女友，應該是有什麼事情想要告訴我，是嗎？」

說完，欣儀定睛看著他。他想回答是，又想回答不是，但覺得自己無論如何回答，都不能好好表達心裡原本想要讓她知道的意思。

最初，在他的計劃裡，他原本是想帶她到以前兩人在一起時，經常會去的一些地方，做她會喜歡的事情，說她可能會想知道的近況，希望能夠讓她重新憶起從前的快樂回憶。

他一直認為，以前兩人會走到分手這一步，並不是因為大家不再互相喜歡，就只是因為工作太忙太累，兩人相處的時間越來越少，他不想耽誤她，結果最後才會逼不得已分開。

231

I will see you again,
but not yet.

可是分手後不久，他就已經後悔。與其說，是因為彼此的相處時間太少、無法好好地培養感情，不如說，他是無法在她身上得到感情的滿足與依賴，因此他才變得心灰意冷，主動提出放棄。只是這兩年來，他嘗試過跟其他人在一起，始終無法尋回以前和欣儀在一起時的感覺。

　　偶爾他會想，自己是不是應該要重新追回欣儀？但每次當腦海浮起這個念頭，他都會找到不同的理由或藉口，來擊沉自己。

　　例如，欣儀現在可能已經有另一半了，現在她可能已經不再喜歡自己。又或是，外面疫情橫行、病毒猖獗，也許她未必想面對面接觸，也許遲一些再聯絡她更好？

　　雖然他不是不知道，這些藉口其實是有多幼稚與可笑。但是這一個想追回她的念頭，還是一直在他的心底裡徘徊不散。然後直到，香港出現第五波疫情，防疫措施比以前變得更嚴格，人與人的距離變得更疏遠時，他反而終於可以鼓起勇氣重新致電給她，反而可以在這一天重新面對面，與這一個分開了將近三年的前女友，一起看著海景用餐。

「其實……」家軒微微低頭，苦笑說：「這段時間，一直都留在家裡工作、隔離，思緒反而變得比以前更加清晰、直接，我發現自己開始會想念一些，很久很久沒見的老朋友，也會開始思考，哪些人與事對自己才是真的重要。」

「很多人都是這樣呢。」欣儀喝了一口汽水，緩緩地說：「從前可以很輕易就見到的親友，現在因為各種原因，可能要很久才能夠見面，甚至是完全沒機會再見……然後我們才發現，見想見的人，說想說的話，到想到的地方，過想過的人生……原來這一切都並非理所當然，原來我們在仍然擁有的時候，應該要好好把握和珍惜那一點機會與時光，因為如今我們都不能再保證，這樣一別，下一次要等到什麼時候，才可以真的再見。」

「你好像很有感觸似的。」

「這兩年來，你沒有過這些感受嗎？」

「偶爾送機的時候，都會有這樣想過。」

「你有朋友移民了嗎？」

I will see you again,
but not yet.

「我以前的上司，還有一位中學同學，他們都選擇移民。」

「嗯⋯⋯你呢，你有想過嗎？」

「移民？」

「嗯。」

家軒微微苦笑一下，當作回答。

其實他不是沒有想過移民，尤其是近來的環境與氣氛，讓他萌起離開香港、想到新加坡創業的想法。可是在這裡，始終還有著一些他捨不得的事物，始終還有著他好想要再見的人。

但，自己想要留住的人，如今又是否也想留住自己？

但，如果自己終究還是選擇離開，她又是否會想與自己一起到其他地方，重新開始？

然後，就在家軒如此胡思亂想之際，欣儀忽然戴回口罩，對他笑說：「我們走吧。」

家軒一愣，看看手錶時間，才一點十五分，但漢堡已經吃完，他自己的汽水也已經喝了大半，他想不到其他理由繼續留在這裡。於是他只好輕輕點頭，拿出錢包結賬離開。

　　離開餐廳後，家軒本來想帶欣儀到附近的觀景平台一遊，那裡是他們以前經常會一起看日落的地方。但是當去到平台入口他才發現，因為疫情關係，平台暫停對外開放。

　　家軒心裡感到一陣無奈，就在這時候，欣儀對他說：「抱歉，我晚一點還有約，所以我想先走了。」

　　「約了男朋友嗎？」家軒故作輕鬆地探問。

　　但欣儀就只是看著他，沒有承認，也沒有否認。

　　家軒忽然有一種直覺，她已經不再是從前那一個，會不捨得自己離開，會跟自己約定「明天見」的謝欣儀。他依然會記得，她曾經深愛自己時的那一個模樣，但如今，他就只能在她的身上找到一種更成熟吸引人的魅力，可是他也清楚知道，三年前自己竟然不小心錯過了她，三年後她也不會再回到自己身邊。

「那我送你吧⋯⋯你要到哪裡乘車？」

「不用了，會有人來接我。」欣儀輕輕回道。

「嗯⋯⋯」

然後，欣儀轉過身，往商場的出口方向走去。

家軒站在原地，看著她的背影漸漸走遠，感到一種難以言喻的惆悵。

但就在這時候，欣儀忽然回頭，看了家軒一眼，見到他仍然凝視著自己。於是她重新向他走近，站在剛才她離開前的位置，輕聲對他說：「謝謝你昨天打電話給我⋯⋯謝謝你今天約我出來見面，並為我安排了這一切。」

家軒心裡輕嘆，但還是微笑說：「我也謝謝你，今天願意出來見我這一個老朋友。」

欣儀對他點一點頭，他從她的目光裡，感到一種久違了的暖意與溫柔。兩人默然了一會，最後她對他說：「再見。」

「再見。」

之後，她就真的離開了。

他一直佇立在原地，直到她的身影完全消失，直到他終於接受，一切都真的已經結束，自己或許也是時候要灑脫一點離開，要到另一個地方重新開始。

•　•　•

一星期後，家軒在自己家裡，用電腦列印一些新加坡創業移民所需的文件與資料。

在等候列印時的空檔，他用瀏覽器連上臉書，想看看這天有什麼新聞熱話。

然後他看見，有一位「Tse Man Lung」的用戶，他發了一個相集帖文，並在裡面 tag 了欣儀的臉書。

家軒認得「Tse Man Lung」這個名字，知道他是欣儀的爸爸。只見在帖文裡，謝爸爸說早前已經舉家移民英國，會在新地方

重新開始。家軒打開相簿，裡面都是他們一家人離開香港時，在機場與親友合照留念的照片。家軒仔細看著每一張照片，只見欣儀的衣著打扮，與自己最後一次約會的時候完全一樣。

家軒不由得猜想，她是在與自己約會後，就匆匆趕去機場嗎？自己剛巧在她要離港的那一天約她見面，但她還是特意抽出時間來應約，而自己卻什麼都沒有察覺，她也始終沒有告訴自己，那天是他們的最後一次見面。

他一邊亂想，一邊按鍵細看相集裡的其他照片，想要尋找她的身影，她的笑臉。可是每一張照片，欣儀始終都戴著口罩，他始終無法看到她的真實表情。直到相集顯示出最後一張照片，他見到欣儀一個人站在機場的登機門前，她終於脫下了口罩，在香港作出最後一次的微笑留影。她背後的登機顯示屏上，標示著目的地「倫敦」，登機時間是「16:20」。家軒看著她的笑臉，心裡但覺無比悔恨，自己那天為什麼會沒有提出要跟她合照，自己為什麼又會再錯過了這一個人。

然後他又想起，那天她臨別前突然回頭，刻意跟自己說的最後一聲「再見」。

他知道，再見有著兩種截然不同的意思。

再見，再見……

只是以後都不可能再親口對你細說，明天見。

I will see you again,
but not yet.

240

I will see you again,
but not yet.

I will see you again,
but not yet.

## 後記

I will see you again,
but not yet.

這兩年來，有沒有一些人，
想見，但是始終都不可以再見……

有一位朋友 C，他住在香港，
他喜歡的對象 E 住在另一個國家。
從前只要花數小時時間，坐一趟飛機，
就可以輕易見到對方。
E 患有抑鬱症，容易陷於情緒低谷，
每次 C 知道後，都會在假期時盡量抽空陪他。
對 E 來說，C 是他的解藥，
雖然兩人始終沒有在一起……
然後，2020 年初全球開始爆發疫情，
香港與很多國家無法再通關，
除非你有能力承受及願意忍受，
入境十四天再加回港十四天的隔離……
C 不可能再像從前一樣，每一個月都與 E 見面。
即使知道 E 的病情變得嚴重了，
但始終都無法陪伴在他的身邊。
最後，E 拒絕與 C 再有任何往來，
而如今，C 還是無法動身前往 E 所住的城市。


另一位朋友 H，這兩年都在加拿大留學。

數個月前住在香港的婆婆不慎跌倒，
需要入院休養，後來情況轉趨惡化，
但因為防疫政策，家人都無法長時間在醫院陪伴婆婆。
H 是婆婆最疼的外孫女，當初 H 得知婆婆要入院，
就已經好想立即回港探望婆婆，
只是香港當時禁止從加拿大出發的航班，
過去十四天住在加拿大的香港人，也一律不准入境。
後來幾經辛苦，H 終於找到回港的方法，
就是先飛到泰國，隔離十四天，
之後再飛回香港，在酒店再隔離十四天後，
這樣就可以到醫院探望婆婆了……
只可惜，H 最後還是趕不及，
她始終無法親眼見到婆婆最後一面。
出殯儀式也要從簡，H 始終不能釋懷，
自己竟然會在這種情況下，與至愛的親人告別。

還有一些朋友，又或是我自己，
因為疫情與防疫政策，
漸漸與朋友及另一半變得疏離。

有些人是因為害怕自己可能已經感染了病毒，
怕會不小心傳染到對方、以及對方的家人，
於是選擇保持距離，例如不再上對方的家，
或是不再約對方出來聚餐碰面。
有些人是擔心自己在外面感染病毒後，
回家傳染給家中的長者，於是寧願減少出外，
寧願犧牲一些本來可以一起同行與成長的同伴，
一些本來無可取代的回憶與感情。
只是很多時候，對方不一定明白你的苦衷或無奈，
以為你不想再跟自己靠近、一起面對，
以為自己真的不再值得你的信任、還有你的陪伴。
然後兩年過去了，我們都越來越習慣，
不再信任別人，也不再相信自己⋯⋯
然後，終於可以有幸約到大家出來見面了，
往往也變成我們的最後一次相聚⋯⋯
原來下星期，你要移民了嗎，
其實下個月，我也要離開這裡了。


這兩年，有很多人離開了香港。

不是因為旅遊或升學，

而是選擇到另一個國家，重新發展。

很多人去了英國、加拿大，

有些朋友去了台灣，也有朋友去了新加坡。

按官方統計，2019 年香港人淨流出為 1.01 萬人，

2020 年有 9.64 萬人，2021 年有 2.73 萬人。

到了 2022 年，首 3 個月就已經超過 14 萬人。

離開有很多原因與考慮，

其中一個主要原因，是為了自由。

有些人是厭倦過度嚴格的防疫與隔離政策。

有些人說，將來還是有可能會再回來這裡，

約定再見，就會再見。

有些人卻是打算以後不再回來了，

即使這裡還有太多捨不得的人物與回憶。

然後，偶爾打開臉書或 IG，

都會見到一些在機場合影留念的照片。

雖然可能是最後一張在香港的留影，

但有些還是會選擇或被迫戴著口罩……

來到這天，大家都真的辛苦了。


這本書從 2021 年 12 月開始動筆，
最初原本預定的書名是《回不去了》。
第一個有靈感的故事，是最後的一篇〈明天見〉。
當時預計是一個大約兩千字的故事，
整本書的調子與方向，也與現在大不相同。
但那時候香港還沒出現 Omicron，
還沒經歷過那些更深沉的無助絕望。
直至寫到第三個故事〈同行〉，
腦海浮現了〈明年見〉這一個故事，
之後還有〈探熱〉與〈隔離〉。
偶爾會擔心，大家未必喜歡這次的故事，
但最後還是選擇用這種方式，
希望側寫香港這兩年來的一些生活面貌，
對防疫的一點個人想法，以及這個時代的愛情。


過去兩年，有不少讀者問我，
有打算移民去其他地方嗎？例如台灣或新加坡。

大家都說，這些地方應該也很適合我發展。

謝謝每一位的關心與溫柔，以及對香港情勢的持續關注。

但我的家人都在這裡，我很喜歡這個城市，

也好想繼續留在這一個家，

寫更多大家會感到共鳴的故事。

雖然有時也會想，不知道可以寫到什麼時候，

或許有天，我也沒法再這樣寫下去……

偶爾回望 2019 年，當時我跟大家說過「明年見」，

我希望每一年都可以到台灣、新馬、澳門，

與讀者一起相聚、聊天、閒話家常……

我希望自己可以成為一個與大家一起成長的作者。

只是後來，很多事情都無法預料，

有些心願遺憾未能實現，偶爾也會心灰意冷，

有些人也已經無聲無息地離開了，

但這一點堅持，我還是不想放棄。

謝謝你們的一直支持與關愛。

我會繼續好好努力，希望你們也不會輕言放棄，

不要忘記追尋及堅持自己相信的價值與理想，

好嗎？

最後，說說一些與故事創作有點相關的事情。

〈明年見〉這一個故事命名，

是源自香港樂隊「ONE PROMISE」的歌曲《明年見》。

有一段時期，每天工作完後，

我都會播放他們與柳應廷合唱的那一個 MV。

〈鏡子〉這一篇，是源自香港男子音樂組合「MIRROR」。

至於〈同行〉，是源自大家都很熟悉的一首歌裡的歌詞。

八個故事裡角色的中文名字，

都是取自一些我自己很喜歡或欣賞的香港歌手，

有些是直接用上他們的原名，

例如「國賢」、「葦璇」、「巧琳」、「卓賢」，

其他則是取一個近似的發音，

例如「張天輔」、「沈凌兒」、「傲賢」、「皓雯」……

不知道大家閱讀時有沒有留意得到？

謝謝編輯容許我如此自娛，也希望他們的 fans 不會介意吧。

好吧，這次我們就談到這裡。

我們下一本書再見吧。

希望下一次，我們真的可以站在對方面前，

可以真正自在地，看著彼此的笑臉，
一起說明天見，明年見……


那有多好。

Middle

2022 年 4 月

I will see you again,
but not yet.

# 明 年 見，
# 明 天 見

MIDDLE 作品 08

明年見，明天見 / Middle著. -- 初版. --
臺北市 : 春天出版國際文化有限公司, 2022.05
　面； 公分. -- (Middle作品 ; 8)
ISBN 978-957-741-529-5(平裝)

857.7　　　111005580

| 作　　　者 | Middle |
| --- | --- |
| 總　編　輯 | 莊宜勳 |
| 主　　　編 | 鍾靈 |
| 封 面 設 計 | 克里斯 |
| 排　　　版 | 三石設計 |

| 出　版　者 | 春天出版國際文化有限公司 |
| --- | --- |
| 地　　　址 | 台北市大安區忠孝東路四段303號4樓之1 |
| 電　　　話 | 02-7733-4070 |
| 傳　　　眞 | 02-7733-4069 |
| E ─ m a i l | story@bookspring.com.tw |
| 網　　　址 | http://www.bookspring.com.tw |
| 部　落　格 | http://blog.pixnet.net/bookspring |
| 郵 政 帳 號 | 19705538 |
| 戶　　　名 | 春天出版國際文化有限公司 |
| 出 版 日 期 | 二〇二二年五月初版 |

| 定　　　價 | 320元 |
| --- | --- |

| 總　經　銷 | 楨德圖書事業有限公司 |
| --- | --- |
| 地　　　址 | 新北市新店區中興路二段196號8樓 |
| 電　　　話 | 02-8919-3186 |
| 傳　　　眞 | 02-8914-5524 |

I will see you again, but not yet.

I will see you again, but not yet.

I will see you again, but not yet.

I will see you again,but not yet.